KK音標
這樣學就行啦

NO PROBLEM!

李洋◎著

山田社

前言

《增訂版 KK音標這樣學就行啦》加大開本呈現啦！特色有：

▲ Kuso插畫學發音，圖像記憶超容易！

▲ 發音嘴形透視圖，真人示範超好學！

▲ 嘴上體操繞口令，練習發音超有趣！

▲ 單字例句全列舉，內容紮實超豐富！

▲ 舉一反三，發音高手暗藏的絕招！

▲ 基礎測驗練習題，馬上檢查超安心！

▲ 朗讀CD+書本，邊聽邊學超效率！

使用KK音標，再也沒有不會念的英文單字！好發音＝好耳力！聽得清楚才說得清楚！

◆ 「由內到外全包辦」的發音技巧！

這個KK音標發音跟那個中文字、注音相近？要怎麼聯想，才不會忘？舌頭、嘴形要怎麼擺，發音才到位？想看看外國人發這個音時，嘴形長怎麼樣？從大腦的思考，到口腔內的動作，到嘴形的呈現，帶您實際演練一遭！

◆ 好笑又KUSO的「嘴上體操」！

為了學會1個音，必須反覆充分的練習。透過外籍教師精心編寫英語繞口令「嘴上體操」，並搭配好笑逗趣的插畫，喚起您兒時學習的童心！爆笑歡樂卻字字珠璣，邊玩耍邊反覆練習，瞬間玩出英語口！

◆ 從單字、句子中，看見音標的角色扮演！

學會音標之後該怎麼運用呢？本書告訴您，一定要將它實際活用在單字、句子裡，才能真正體會音標的作用！請配合由專業外籍教師錄製的CD，邊聽邊看邊朗讀。您會清楚看見、聽見音標所扮演的重要角色。

◆ 注意！豎起耳朵聽聽哪裡不同！

學音標的過程中，很快您就會發現有些音真的聽起來很像！為了幫助您克服這個問題，《KK音標這樣學就行啦》選出初學者容易混淆的音標，兩兩並列比較，分別比較發音原則以及口腔發音部位。請豎起您的耳朵，全神貫注，必定能聽兩個音的差別！

◆ 「10倍速音標記憶網」舉一反三，發音高手暗藏的絕招！

為什麼那個人說起英文來，就是那麼溜？別氣餒，這絕對不是理解力上的問題。高手學習所有技巧，書中都有記載！學會1個音標，就能無限活用！利用「10倍速音標記憶網」，一個音標引導出其他音標與單字，讓現有知識引導出另外的新知識，讓知識之間不斷擴大，相互交流，這才是最有效率、最聰明的語言學習法！

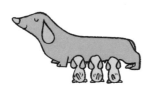

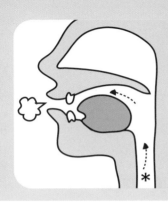

① [i]的發音

拍照的時候，雙唇拉開，露出牙齒笑一個。

怎麼發音呢

[i]的音該怎麼發呢？首先舌頭上升，但是沒有碰到硬顎，留下一條細細的通道。舌頭維持這個姿勢，將嘴唇往兩邊拉，展現迷人的微笑。接著振動聲帶，讓氣流緩緩流出，就可以發出又長又漂亮的[i]囉！

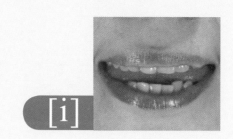

[i]

 邊聽邊練習單字跟句子的發音喔

大聲唸出單字喔

❶ sea	[si]	海		❹ read	[rid]	閱讀
❷ me	[mi]	我		❺ tea	[ti]	茶
❸ pea	[pi]	豌豆		❻ bee	[bi]	蜜蜂

大聲唸出句子喔

❶ Sheep eats cheese.
羊吃起士。

❷ We need a key.
我們需要一把鑰匙。

❸ She feeds bees.
她餵蜜蜂。

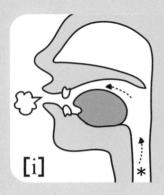
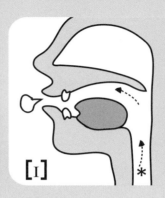

[i]　　　　　　[ɪ]

 比較 [i] 跟 [ɪ] 的發音

兩個母音就像是媽媽和小孩，發音非常相似。[i]發音比較長，嘴形比較扁平，而[ɪ]就是[i]的小孩，發音又短又急，可是嘴形相同喔！

	[i]		
❶	heat	[hit]	溫度
❷	lead	[lid]	領導
❸	feel	[fil]	感覺
❹	Pete	[pit]	彼得

[ɪ]		
hit	[hɪt]	打擊
lid	[lɪd]	蓋子
fill	[fɪl]	裝滿
pit	[pɪt]	洞

 玩玩嘴上體操

It's a pizza Tim's team's eating.

提姆的隊員吃的是比薩。

e 唸成 [i]

❶ Chinese　　中國人
['tʃaɪ'niz]
❷ me　　　　我
[mi]
❸ equal　　　平等的
['ikwəl]

ea、ee 唸成 [i]

❶ clean　　　清潔的
[klin]
❷ cream　　　奶精
[krim]
❸ deep　　　深的
[dip]
❹ degree　　程度
[dɪ'gri]

基礎1　[i]　基礎2

延伸

ie、ei、i 唸成 [i]

❶ chief	[tʃif]	長官
❷ either	['iðɚ]	也（不）
❸ ski	[ski]	滑雪

 練習一下

請選出正確答案

1.（ ）[hit]　　❶ hit　　❷ tih　　❸ heat
　　　　　　　　　打擊　　　✗　　　溫度

2.（ ）[fil]　　❶ life　　❷ feel　　❸ please
　　　　　　　　　生活　　　感覺　　　請

答案：1.③　2.②

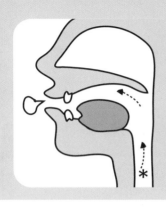

2

[ɪ]的發音

我兒子考試得第「一」啦！

 怎麼發音呢

[ɪ]是[i]的偷懶版。首先是舌頭位置比[i]低一點，在[i]與[e]之間，嘴唇往兩邊分開程度比[i]小一點，而且舌頭不用像[i]一樣緊繃，發出比[i]短的音。別忘了不只是長短音的分別，舌頭與嘴唇的位置也不同喔！

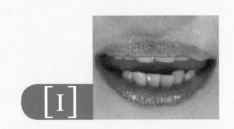

[I]

 邊聽邊練習單字跟句子的發音喔

大聲唸出單字喔

❶	kid	[kɪd]	小孩	❹	sick	[sɪk]	生病
❷	sit	[sɪt]	坐下	❺	pig	[pɪg]	豬
❸	it	[ɪt]	它	❻	hill	[hɪl]	山丘

大聲唸出句子喔

❶ Billy picks a wig.
比利撿起一頂假髮。

❷ It will win.
它將取得勝利。

❸ The kid is sick.
那孩子病了。

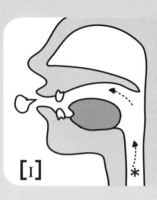 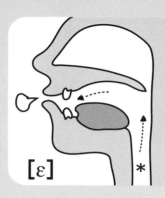

[ɪ]　　　[ɛ]

 比較[ɪ]跟[ɛ]的發音

在發這兩個母音時，會發現兩者發音位置很像，只是在發[ɛ]的時候要把嘴巴張比較大一點喔。請試試看先發一個[ɪ]，再把嘴巴微微張開，就發出[ɛ]這個音了！

	[ɪ]				[ɛ]	
❶ pit	[pɪt]	坑		pet	[pɛt]	寵物
❷ bit	[bɪt]	一點		bet	[bɛt]	打賭
❸ chick	[tʃɪk]	小雞		check	[tʃɛk]	檢查
❹ sill	[sɪl]	窗台		sell	[sɛl]	賣

 玩玩嘴上體操

It fits, Miss fitz.
費芝小姐，那很適合你。

i 唸成 [ɪ]

❶ magic　　　魔法
　['mædʒɪk]
❷ ship　　　　船
　[ʃɪp]
❸ ring　　　　戒指
　[rɪŋ]

基礎1

[ɪ]

基礎2

例外的i (字尾是i+子音+e)唸成 [aɪ] 而不是 [ɪ]

[ɪ]→[aɪ]

❶ bit→bite 少量→咬
　[bɪt]→[baɪt]
❷ fin→fine 魚鰭→美好的
　[fɪn]→[faɪn]

基礎3

y 唸成 [ɪ]

❶ symbol　　['sɪmbl]　　符號
❷ rhythm　　['rɪðəm]　　節奏
❸ lucky　　　['lʌkɪ]　　　幸運的

 練習一下

請選出題目中的音標，所能組成的單字

1. ( ) [pɪg]　　❶ pet　　❷ gap　　❸ pig
　　　　　　　　寵物　　　代溝　　　豬

2. ( ) [ʃɪp]　　❶ ship　　❷ spi　　❸ peach
　　　　　　　　船　　　　X　　　　水蜜桃

答案：1. ③　2. ①

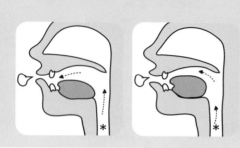

3

[e]的發音

ABCD的A啦！

怎麼發音呢

將舌頭往前延伸，位置在[i]與[a]之間，不高也不低，嘴唇往兩邊拉，發出一個長長的[e]。在英語中[e]的發音，舌頭會從原來的位置，緩緩的往上滑向[ɪ]的位置，所以是以[ɪ]作為結尾，這樣才是漂亮的[e]喔！

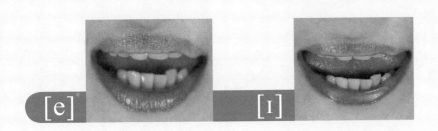

[e]　　　[I]

 邊聽邊練習單字跟句子的發音喔

大聲唸出單字喔

❶ cake　　[kek]　　蛋糕

❷ late　　[let]　　遲到

❸ mail　　[mel]　　郵件

❹ nail　　[nel]　　指甲

❺ stay　　[ste]　　停留

❻ great　　[gret]　　很棒

大聲唸出句子喔

❶ Hey, wait!
　　　　　喂，等等。

❷ They make cake.
　　　　　他們做蛋糕。

❸ The rain in Spain remains the same.
　　　　　西班牙的雨還是老樣子。

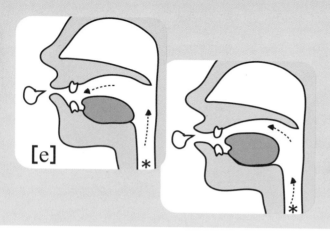

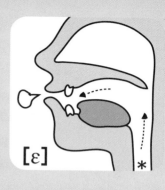

[e]　　　　　　[ε]

 比較[e]跟[ε]的發音

這一組母音也是長短音的關係，把[e]發得短一點就是[ε]啦。請試試看發出一個短音[ε]，再把發音的時間拉長，把嘴形縮小一點，是不是就變成了長音的[e]了呢！

[e]				[ε]		
❶ late	[let]	遲了		let	[lεt]	讓
❷ gate	[get]	門		get	[gεt]	得到
❸ pain	[pen]	疼痛		pen	[pεn]	原子筆
❹ wait	[wet]	等待		wet	[wεt]	濕

 玩玩嘴上體操

Rain, rain, go away,
Come again another day;
Little Johnny wants to play.

大雨大雨不要下，
可不可以改天下，
小強尼想出去玩呀。

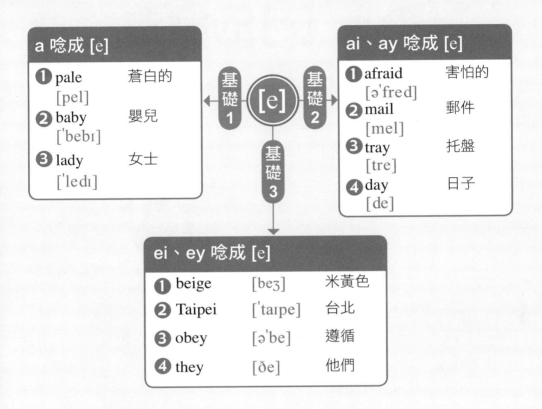

a 唸成 [e]

❶ pale　　蒼白的
　[pel]
❷ baby　　嬰兒
　['bebɪ]
❸ lady　　女士
　['ledɪ]

ai、ay 唸成 [e]

❶ afraid　　害怕的
　[ə'fred]
❷ mail　　郵件
　[mel]
❸ tray　　托盤
　[tre]
❹ day　　日子
　[de]

基礎1　[e]　基礎2　基礎3

ei、ey 唸成 [e]

❶ beige　　[beʒ]　　米黃色
❷ Taipei　　['taɪpe]　　台北
❸ obey　　[ə'be]　　遵循
❹ they　　[ðe]　　他們

 練習一下

請選出正確音標

1. ( ) cake　　❶ [kik]　　❷ [kek]　　❸ [pek]
　　蛋糕

2. ( ) wait　　❶ [wet]　　❷ [we]　　❸ [he]
　　等待

答案：1. ② 2. ①

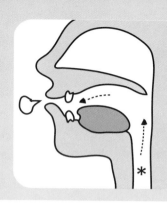

4

[ɛ]的發音

哇！這床很棒「也」！

怎麼發音呢

[ɛ]的發音部位很接近[e]。首先舌頭往前延伸，位置比[e]低一點，卻又比[æ]高一些。嘴唇自然微張，比[ɪ]大一點。接著振動聲帶，輕鬆發出比[e]短一點的音，聽起來很像中文的「也」。

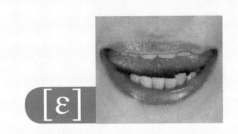

[ɛ]

 邊聽邊練習單字跟句子的發音喔

大聲唸出單字喔

❶ head   [hɛd]   頭   ❹ sell   [sɛl]   賣

❷ men   [mɛn]   男人   ❺ egg   [ɛg]   雞蛋

❸ best   [bɛst]   最好的   ❻ enter   ['ɛntɚ]   進入

大聲唸出句子喔

❶ Let's get some rest.
> 我們休息一下吧。

❷ The red desk has four legs.
> 紅書桌有四支腳。

❸ The vet said the pet is in bed.
> 獸醫說那隻寵物已經睡了。

17

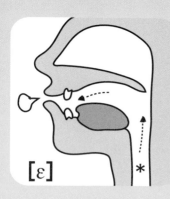
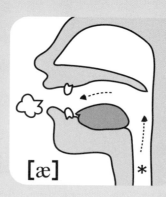

[ɛ]   [æ]

 ## 比較[ɛ]跟[æ]的發音

請試試看先發一個[ɛ]，再慢慢地把嘴巴張大拉長，同時舌頭也要用力壓低，這樣就可以發出[æ]了喔！

	[ɛ]				[æ]		
❶ pet	[pɛt]	寵物		pat	[pæt]	輕拍
❷ leg	[lɛg]	腿		lag	[læg]	落後
❸ pest	[pɛst]	害蟲		past	[pæst]	過去
❹ said	[sɛd]	說		sad	[sæd]	悲傷

 ## 玩玩嘴上體操

Fred fed Ted bread, and Ted fed Fred bread.

弗德餵泰德麵包，泰德餵弗德麵包。

e 唸成 [ε]

❶ hotel   旅館
    [hoˈtεl]
❷ pen   筆
    [pεn]
❸ dress   洋裝
    [drεs]

ea 唸成 [ε]

❶ heavy   沈重的
    [ˈhεvɪ]
❷ weather   天氣
    [ˈwεðɚ]
❸ steady   穩定的
    [ˈstεdɪ]

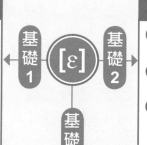

基礎1   [ε]   基礎2

基礎3

a、ai、ay、ie、u 唸成 [ε]

❶ many	[ˈmεnɪ]	很多
❷ stairs	[stεrs]	階梯
❸ prayer	[prεr]	祈禱
❹ friend	[frεnd]	朋友
❺ bury	[ˈbεrɪ]	埋葬

 練習一下

請選出缺少的音標

1. ( ) head [h_d]   ❶ [ε]   ❷ [b]   ❸ [e]
    頭

2. ( ) pet [p_t]   ❶ [æ]   ❷ [ε]   ❸ [g]
    寵物

答案：1. ①   2. ②

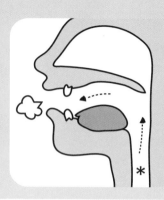

5

[æ]的發音

嘴巴上下、左右大大張開喔「ㄟ」！

怎麼發音呢

長得很像蝴蝶的[æ]，發音很容易跟[ɛ]搞混喔！先發出[ɛ]的音，再調整嘴形，上下開口大一點。舌頭從[ɛ]的位置往下移。接著舌頭稍微用力，才能發出與[ɛ]不同的蝴蝶音喔！

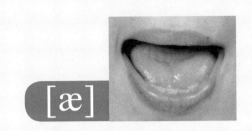

[æ]

 邊聽邊練習單字跟句子的發音喔

大聲唸出單字喔

❶ cat	[kæt]	貓		❹ rat	[ræt]	老鼠
❷ ax	[æks]	斧頭		❺ bat	[bæt]	球棒
❸ ant	[ænt]	螞蟻		❻ sand	[sænd]	沙子

大聲唸出句子喔

❶ Cats catch rats.
　　　　　　貓捉老鼠。

❷ My dad is mad.
　　　　　　爸爸在生氣。

❸ Jack asks Mathew to fax him.
　　　　　　傑克要馬修傳真給他。

21

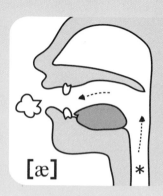

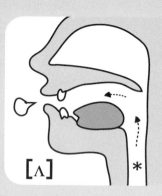

 ## 比較 [æ] 跟 [ʌ] 的發音

[æ]是個力量很強大的母音，發音時需要嘴角和舌頭都用力，相對的 [ʌ]不需要太用力。請試著比較下面四組發音，感受一下在發這兩個母音時所需要力量的不同。

[æ]				[ʌ]		
❶ bat	[bæt]	球棒		but	[bʌt]	但是
❷ cap	[kæp]	棒球帽		cup	[kʌp]	杯子
❸ fan	[fæn]	歌迷		fun	[fʌn]	有趣
❹ apple	[ˈæpl̩]	蘋果		couple	[ˈkʌpl̩]	一雙

 ## 玩玩嘴上體操

**Fat frogs fly past fast and the last
exactly lapses into a gap at last.**

胖青蛙一隻隻飛過去，結果最後
一隻正巧掉進縫裡。

a 唸成 [æ]

❶ back   背後
    [bæk]
❷ arrow   箭號
    [ˈæro]
❸ flag   旗子
    [flæg]

基礎 1

[æ]

基礎 2

例外的a(字尾是a+子音+e時) 唸成[e]而不是 [æ]

[æ]→[e]

❶ mat→mate
    [mæt]→[met]
    墊子→伙伴
❷ plan→plane
    [plæn]→[plen]
    計畫→飛機
❸ rat→rate
    [ræt]→[ret]
    老鼠→比率

 練習一下

請選出正確答案

1. ( ) cap   ❶ [kɛp]   ❷ [kʌp]   ❸ [kæp]
    帽子

2. ( ) bat   ❶ [bæt]   ❷ [bʌt]   ❸ [bɛt]
    球棒

答案：1. ③   2. ①

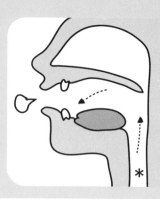

6

[ɑ]的發音

坐在牙醫的椅子上，嘴巴張大大的「阿」。

 怎麼發音呢

[ɑ]就像是看牙醫時，醫生叫你把嘴巴張開，「阿～」。舌頭的位置最低，但不只是平放，後半部要微微上升。嘴巴大大張開，比[æ]還要大。舌頭不用像[æ]一樣用力，輕鬆發出[ɑ]的音就可以了。

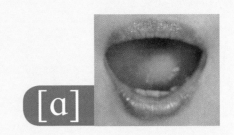

[ɑ]

 邊聽邊練習單字跟句子的發音喔

大聲唸出單字喔

❶ top   [tɑp]   頂端   ❹ socks   [sɑks]   襪子

❷ shop   [ʃɑp]   商店   ❺ knock   [nɑk]   敲

❸ hot   [hɑt]   熱   ❻ box   [bɑks]   箱子

大聲唸出句子喔

❶ The pot is hot.

那個水壺很燙。

❷ The frog is calm in the pond.

青蛙安安靜靜待在池塘裡。

❸ Her column is on the top of this page.

她的專欄在這版的最上面。

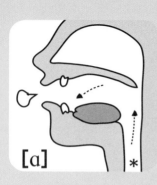 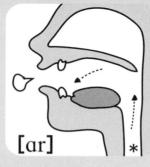 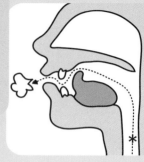

[a]　　　　[ar]

 ## 比較[a]跟[ar]的發音

[ar]就是在[a]後面多加上一個捲舌音,請比較下面各組發音,感受一下多了[r]和少了[r]的發音有什麼不同。

[a]				[ar]		
❶ father	[ˈfaðɚ]	父親		farther	[ˈfarðɚ]	更遠
❷ lodge	[ladʒ]	房子		large	[lardʒ]	廣闊
❸ pot	[pat]	壺		part	[part]	一部份
❹ stop	[stap]	停止		start	[start]	開始

 ## 玩玩嘴上體操

**If one doctor doctors another doctor,
does the doctor
who doctors the doctor doctor the
doctor the way the
doctor he is doctoring doctors?**

如果有個醫生醫治另一個醫生,那麼醫治這個醫生的醫生,會不會以醫治這個醫生的醫法,來醫治其他醫生?

o 唸成 [ɑ]

❶ job 工作
   [dʒɑb]
❷ fox 狐狸
   [fɑks]
❸ model 模型
   ['mɑdl̩]

基礎 1

[ɑ]

基礎 2

延伸

例外的o(字尾是o+子音+e時)要唸[o]而不是[ɑ]

[ɑ]→[o]

❶ mop→mope
   [mɑp]→[mop]
   拖把→鬱悶的
❷ not→note
   [nɑt]→[not]
   不→筆記

a 唸成 [ɑ]（前面通常接qu, w）

❶ quality ['kwɑlətɪ] 品質
❷ squat [skwɑt] 蹲著
❸ wallet ['wɑlɪt] 皮夾

 練習一下

請選出正確單字

1. ( ) [hɑt] ❶ hot ❷ hat ❸ hate
               熱   帽子   恨

2. ( ) [bɑks] ❶ bat ❷ ball ❸ box
               球棒   球   盒子

答案：1. ① 2. ③

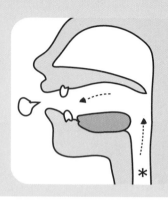

7

[ɔ]的發音

嘴巴裡面好像有一個黑洞窟！

喔喔喔喔喔

怎麼發音呢

看看[ɔ]的長相是不是很像開了口的[o]啊？沒錯，[ɔ]的嘴形就像打開的[o]，比[o]大一點，舌頭的後半部雖然上升，但是位置比[o]還要低。[ɔ]跟[o]的嘴形跟舌頭位置是不一樣的喔！

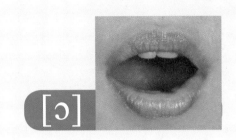

[ɔ]

 邊聽邊練習單字跟句子的發音喔

大聲唸出單字喔

❶ fault　　[fɔlt]　　錯
❷ naughty　[ˈnɔtɪ]　調皮
❸ law　　　[lɔ]　　法律
❹ call　　　[kɔl]　　叫
❺ bald　　　[bɔld]　禿頭
❻ cost　　　[kɔst]　花費

大聲唸出句子喔

❶ Let's play seesaw.
我們來玩翹翹板吧！

❷ Paul is wrong.
保羅錯了。

❸ The tall girl saw some fog.
高個子的女孩看到一些霧。

29

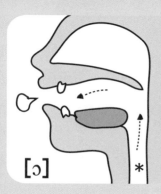

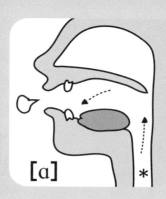

 ## 比較[ɔ]跟[ɑ]的發音

[ɔ]的嘴形比[ɑ]還小，舌頭比較放鬆，送氣時有點向內縮，在尾端忽然停住的感覺，不像[ɑ]那樣將氣完全的送出口。

[ɔ]		
❶ hall	[hɔl]	大廳
❷ cause	['kɔz]	原因
❸ lost	[lɔst]	遺失
❹ dog	[dɔg]	狗

[ɑ]		
hot	[hɑt]	熱
cop	[kɑp]	警察
lot	[lɑt]	籤
dot	[dɑt]	點

 ## 玩玩嘴上體操

Offer a proper cup of coffee in a proper coffee cup.

適當的咖啡杯提供適當的咖啡。

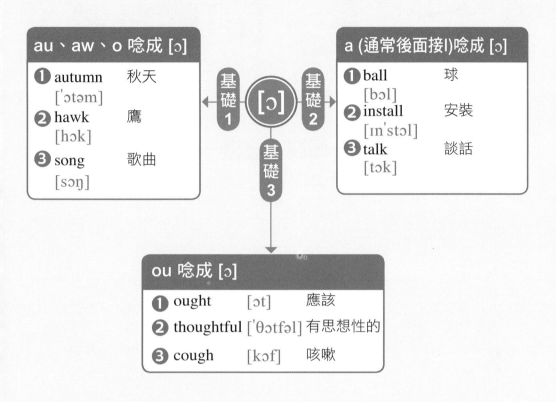

au、aw、o 唸成 [ɔ]

❶ autumn 　秋天
[ˈɔtəm]
❷ hawk 　鷹
[hɔk]
❸ song 　歌曲
[sɔŋ]

基礎 1

[ɔ]

基礎 2

a (通常後面接l)唸成 [ɔ]

❶ ball 　球
[bɔl]
❷ install 　安裝
[ɪnˈstɔl]
❸ talk 　談話
[tɔk]

基礎 3

ou 唸成 [ɔ]

❶ ought 　[ɔt] 　應該
❷ thoughtful [ˈθɔtfəl] 有思想性的
❸ cough 　[kɔf] 　咳嗽

 練習一下

請選出正確單字

1. ( ) [lɔ] 　❶ wolf 　❷ law 　❸ love
　　　　　　　狼　　　法律　　喜愛

2. ( ) [kɔl] 　❶ copy 　❷ come 　❸ call
　　　　　　　複製　　　來　　　叫喚

答案：1. ② 　2. ③

31

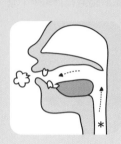 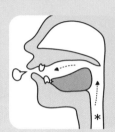

8

[o]的發音

看到貓抓老鼠的一瞬間，發出一聲「喔」！

喔！！

怎麼發音呢

音標[o]跟字母O的外型很像，發音時嘴唇成O型，開口比吹蠟燭的[u]大一點。舌頭的後半部往後往上升，位置比[u]低一點。在英語中，長音[o]的發音部位通常會緩緩滑向[ʊ]！

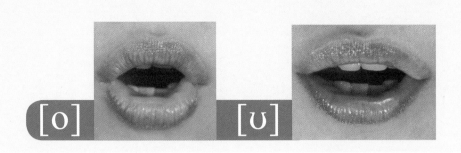

[o]　[ʊ]

邊聽邊練習單字跟句子的發音喔

大聲唸出單字喔

❶ coat	[kot]	大衣	❹ vote	[vot]	投票
❷ goat	[got]	山羊	❺ sold	[sold]	賣
❸ note	[not]	筆記	❻ slow	[slo]	慢的

大聲唸出句子喔

❶ The notebook is sold.

這台筆記型電腦已經賣出。

❷ The stone rolled to the road.

石頭滾到道路上。

❸ Please turn off the oven.

請關掉瓦斯爐。

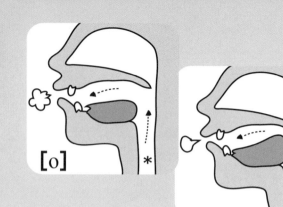
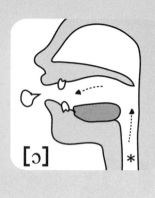

[o]　　　[ɔ]

 比較[o]跟[ɔ]的發音

[o]的嘴形用力縮成一個小圓形，發音比較長，送氣也比較完全。而[ɔ]
的嘴形張得比較大，嘴角也比較放鬆，發音較短促，送氣較不完全，
有種突然停止的感覺。

[o]				[ɔ]		
❶ cold	[kold]	冷		call	[kɔl]	叫
❷ told	[told]	告訴		tall	[tɔl]	高
❸ fold	[fold]	折疊		fall	[fɔl]	秋天
❹ boat	[bot]	船		ball	[bɔl]	球

 玩玩嘴上體操

**Old oily Ollie oils old oily
autos.**

又老又油腔滑調的歐力，
給又舊又油的汽車加油。

o 唸成 [o]

❶ both　　兩者都…
　[boθ]
❷ local　　本地
　['lokl]
❸ mango　芒果
　['mæŋgo]

基礎1 ← [o] → 基礎2

基礎3

oa、ow 唸成 [o]

❶ oak　　橡木
　[ok]
❷ loaf　　(一條或一塊)麵包
　[lof]
❸ narrow　窄的
　['næro]
❹ own　　擁有
　[on]

ew、oe、ou 唸成 [o]

❶ sew　　　[so]　　　縫合
❷ toe　　　[to]　　　腳趾
❸ shoulder　['ʃoldɚ]　肩膀

 練習一下

請選出正確音標

1. (　) goat　　❶ [gɛt]　❷[got]　❸ [gɔt]
　　　山羊

2. (　) tall　　❶ [tɔl]　❷[tol]　❸ [tɛl]
　　　高

答案：1. ② 2. ①　　　　　　　　　　　　**35**

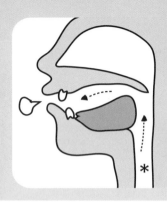

9

[ʊ]的發音

嘴唇圓圓的向前凸出，book的oo。

 怎麼發音呢

[ʊ]跟[u]不只長得很像，發音方式也很類似。首先[ʊ]的嘴形比[u]大一點，舌頭後半部上升，嘴唇與舌頭放鬆，振動聲帶，就可以輕鬆發出一個短音的[ʊ]了。

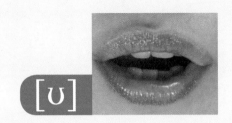

[ʊ]

 邊聽邊練習單字跟句子的發音喔

大聲唸出單字喔

❶ pudding [ˈpʊdɪŋ] 布丁
❷ put [pʊt] 放置
❸ pull [pʊl] 拉

❹ wool [wʊl] 羊毛
❺ look [lʊk] 看
❻ would [wʊd] 將會

大聲唸出句子喔

❶ Little red riding hood put puddings in the woods.
小紅帽把布丁放在樹林裡。

❷ He looked at his foot.
他看著自己的腳。

❸ I could cook some food.
我可以煮些食物。

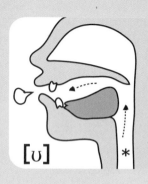
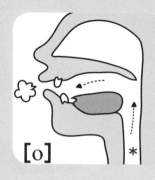
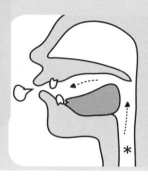

[ʊ]　　　[o]

 比較[ʊ]跟[o]的發音

[ʊ]和[o]比較起來，發音較短促、送氣比較不完全，有種發音到最後時忽然停止送氣的感覺、嘴形比較扁、舌頭的位置比較高。

[ʊ]		
❶ good	[gʊd]	好
❷ could	[kʊd]	可以
❸ book	[bʊk]	書
❹ foot	[fʊt]	腳

[o]		
gold	[gold]	黃金
cold	[kold]	冷
boat	[bot]	船
fold	[fold]	折疊

 玩玩嘴上體操

**How much wood would a woodchuck chuck
if a woodchuck could chuck wood?**

如果土撥鼠會撥弄木頭，那土撥鼠會撥弄多少木頭？

oo 唸成 [ʊ]

❶ wool　　　羊毛
　[wʊl]
❷ bookshelf　書架
　[ˈbʊkˌʃɛlf]
❸ childhood　兒童時期
　[ˈtʃaɪldˌhʊd]

基礎 1　[ʊ]　基礎 2

u 唸成 [ʊ]

❶ fulfill　　完成
　[fʊlˈfɪl]
❷ bull　　　公牛
　[bʊl]
❸ hook　　　鉤子
　[hʊk]

 練習一下

請選出缺少的音標

1. (　) good [g_d]　❶ [ʊ]　❷ [o]　❸ [ɔ]
　　　好

2. (　) put　[p_t]　❶ [o]　❷ [ʊ]　❸ [ɔ]
　　　放置

答案：1. ①　2. ③

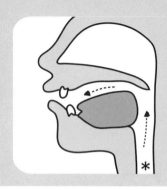

⑩

[u]的發音

吹口哨的嘴形。

怎麼發音呢

首先將嘴唇嘟成圓形,像吹口哨一樣。接著將舌頭的後半部往後往上
延伸,但是沒有碰到軟顎,留下一條細細的通道。最後振動聲帶,嘴
唇與舌頭稍微用力,就可以發出長長的[u]了。

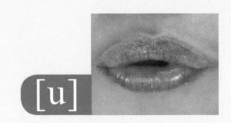

[u]

 邊聽邊練習單字跟句子的發音喔

大聲唸出單字喔

❶ tooth　　[tuθ]　　牙齒
❷ cool　　　[kul]　　酷
❸ who　　　[hu]　　　誰
❹ zoo　　　[zu]　　　動物園
❺ room　　　[rʊm]　　房間
❻ rule　　　[rul]　　規則

大聲唸出句子喔

❶ Who use the tools in my room?
誰用了我房裡的工具?

❷ The fool shoots his shoes into the pool.
那個傻瓜把他的鞋子射進了游泳池裡。

❸ The moon is blue through the brook.
從溪裡看到的月亮是藍色的。

41

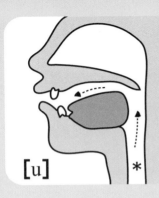

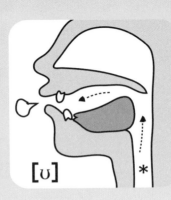

[u]　　[ʊ]

 比較 [u] 跟 [ʊ] 的發音

[u]和[ʊ]長的很像，兩者最主要的差異就是音的長短，[ʊ]是短音送氣較短促，嘴形較大，嘴唇與舌頭放鬆，不像[u]那麼圓。而[u]的發音比較長，可以把氣送完全。

[u]		
❶ cool	[kul]	酷
❷ wound	[wund]	傷口
❸ pool	[pul]	游泳池
❹ shoe	[ʃu]	鞋子

[ʊ]		
could	[kʊd]	能夠
wood	[wʊd]	木材
put	[pʊt]	放置
should	[ʃʊd]	應該

 玩玩嘴上體操

If a dog chews shoes, whose shoes does he choose?

如果狗會咬鞋子，它會選擇哪一隻鞋子咬？

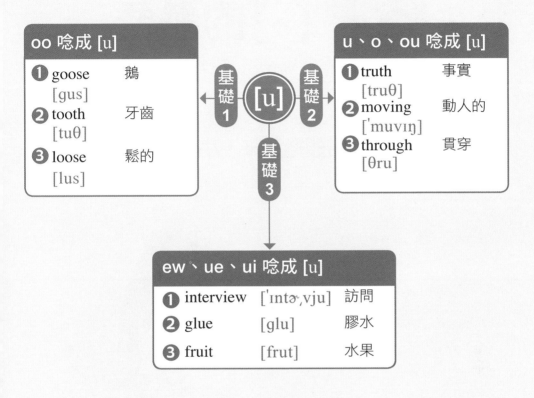

oo 唸成 [u]

❶ goose　　鵝
　[gus]
❷ tooth　　牙齒
　[tuθ]
❸ loose　　鬆的
　[lus]

基礎 1 ← [u] → **基礎 2**

u、o、ou 唸成 [u]

❶ truth　　事實
　[truθ]
❷ moving　動人的
　['muvɪŋ]
❸ through　貫穿
　[θru]

基礎 3

ew、ue、ui 唸成 [u]

❶ interview　['ɪntɚ,vju]　訪問
❷ glue　　　[glu]　　　膠水
❸ fruit　　　[frut]　　　水果

 練習一下

請選出正確答案

1. (　) cool　　❶ [kɑl]　　❷ [kul]　　❸ [kʊl]
　　　冷

2. (　) wood　❶ [wɑd]　　❷ [wud]　　❸ [wʊd]
　　　木頭

答案：1. ② 　2. ③

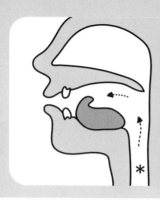

11

[ɝ]的發音

嘴巴不用太開，舌頭捲起來，小鳥「兒」的「兒」。

 怎麼發音呢

看[ɝ]的長相是不是很像阿拉伯數字 3 長了尾巴呢？這個母音就類似中文的ㄓ、ㄔ、ㄕ一樣，是捲舌音，常使用在重音節。先嘴唇微微張開，把舌頭捲起來，再試著發出[ə]，就可以發出[ɝ]這個捲舌音了。

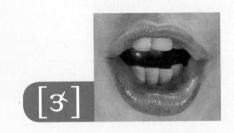

[ɝ]

 邊聽邊練習單字跟句子的發音喔

大聲唸出單字喔

① turtle　['tɝtl]　烏龜

② bird　[bɝd]　鳥

③ dirt　[dɝt]　灰塵

④ early　['ɝlɪ]　早

⑤ nervous　['nɝvəs]　緊張

⑥ prefer　[prɪ'fɝ]　較喜歡…

大聲唸出句子喔

① This is her thirteenth birthday.
　　　　　　這是她十三歲的生日。

② The girl heard a bird singing.
　　　　　　女孩聽到鳥叫。

③ The dirt made me nervous.
　　　　　　灰塵讓我很緊張。

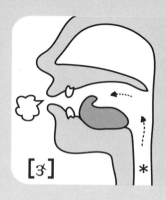 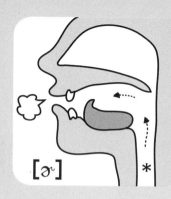

 比較[ɝ]跟[ɚ]的發音

[ɝ]和[ɚ]都是捲舌音，嘴形類似，發音不同的關鍵點在舌頭喔！[ɝ]的舌頭後捲較多，所以聽起來捲舌音比較重。請捲起舌頭試試看捲舌輕重吧！

[ɝ]		
❶ serve	[sɝv]	服務
❷ stir	[stɝ]	攪拌
❸ pearl	[pɝl]	珍珠
❹ world	[wɝld]	世界

[ɚ]		
center	[ˈsɛntɚ]	中心
polar	[polɚ]	極地的
comforting	[ˈkʌmfɚtɪŋ]	安慰
eastward	[ˈistwɚd]	向東的

 玩玩嘴上體操

Early bird learned a new word.
I heard the bird blurb the word.
Blur, blur, blur.

早起的鳥兒學了個新字，
我聽到鳥兒唱著個新字，
布勒布勒布勒。

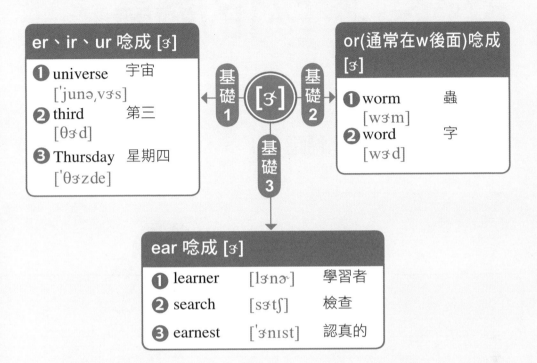

er、ir、ur 唸成 [ɝ]

❶ universe 宇宙
['junə‚vɝs]
❷ third 第三
[θɝd]
❸ Thursday 星期四
['θɝzde]

or(通常在w後面)唸成 [ɝ]

❶ worm 蟲
[wɝm]
❷ word 字
[wɝd]

基礎 1　基礎 2　基礎 3

[ɝ]

ear 唸成 [ɝ]

❶ learner [lɝnɚ] 學習者
❷ search [sɝtʃ] 檢查
❸ earnest ['ɝnɪst] 認真的

 練習一下

請選出正確答案

1. ( ) [bɝd] ❶ bid ❷ brd ❸ bird
　　　　　　 命令　　　 X　　　 鳥

2. ( ) ['ɝlɪ] ❶ early ❷ rly ❸ orly
　　　　　　 早　　　　 X　　　 X

答案：1. ③ 2. ①

47

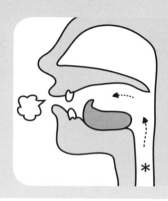

12

[ɚ]的發音

老婆害喜了，「噁噁噁」！

噁！

怎麼發音呢

[ɚ]是個捲舌音，要發出[ɚ]這個音，首先要把舌頭向後捲，舌尖頂到接近軟顎的地方，舌頭的位置壓低，下巴壓低，就可以發出一個完美的[ɚ]了。

[ɚ]

 邊聽邊練習單字跟句子的發音喔

大聲唸出單字喔

❶ layer ['leɚ] 層
❷ modern ['madɚn] 現代的
❸ outer ['aʊtɚ] 外部的
❹ over ['ovɚ] 超過
❺ sister ['sɪstɚ] 妹妹
❻ finger ['fɪŋgɚ] 手指

大聲唸出句子喔

❶ The popular scholar sponsored the venture.
　　　　那位受歡迎的學者，贊助這次的冒險行動。

❷ The wizards gathered altogether.
　　　　巫師們通通聚在一起。

❸ The author is eager to go across the border.
　　　　那位作家很想要出國。

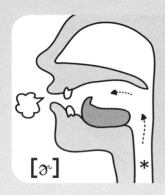

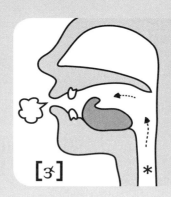

$[ɚ]$ ✻ $[ɝ]$ ✻

 比較 [ɚ] 跟 [ɝ] 的發音

[ɚ]和[ɝ]都是捲舌音，嘴形類似，發音不同的關鍵點在舌頭喔！[ɚ]的舌頭後捲較少，所以聽起來捲舌音沒那麼重。請捲起舌頭試試看捲舌輕重吧！

[ɚ]				[ɝ]		
❶	inner	[ˈɪnɚ]	內部	her	[hɝ]	她
❷	effort	[ˈɛfɚt]	努力	hurt	[hɝt]	傷
❸	eastern	[ˈistɚn]	東方	learn	[lɝn]	學習
❹	survey	[sɚˈve]	調查	nervous	[ˈnɝvəs]	緊張

 玩玩嘴上體操

The vigor shepherd wandered in the wilderness.

那位精神飽滿的牧羊人在荒野中漫步。

er 唸成 [ɚ]

❶ bother　　打擾
　['baðɚ]
❷ summer　　夏天
　['sʌmɚ]
❸ after　　在…之後
　['æftɚ]

or 唸成 [ɚ]

❶ color　　顏色
　['kʌlɚ]
❷ comfortable　舒服的
　['kʌmfɚtəbl̩]
❸ doctor　　醫生
　['dɑktɚ]

基礎1 **[ɚ]** **基礎2**

基礎3

ar、ur 唸成 [ɚ]

❶ beggar　　['bɛgɚ]　乞丐
❷ backward　['bækwɚd]　向後
❸ culture　　['kʌltʃɚ]　文化
❹ Saturday　['sætɚde]　星期六

 練習一下

請選出畫底線的音標

1. ( ) fin**ger**　❶ [ɜ]　❷ [ɚ]　❸ [ə]
　　手指

2. ( ) ov**er**　❶ [ɜ]　❷ [ɚ]　❸ [ə]
　　超過

答案：1. ②　2. ②

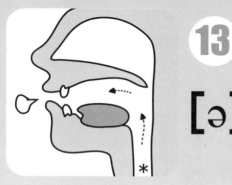

⑬

[ə]的發音

「呃」！今天吃太飽了。

怎麼發音呢

[ə]的發音位置是所有母音最為放鬆的。因為它的嘴形微開，不大也不小。舌頭的位置在口腔中央，不高也不低，不前也不後。只要振動聲帶，就可以輕鬆發出[ə]的音囉！這也難怪[ə]通常出現在非重音的音節呢！

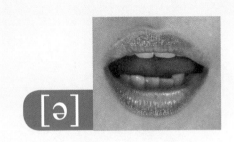

 邊聽邊練習單字跟句子的發音喔

大聲唸出單字喔

❶ police   [pəˈlis]   警察

❷ ago   [əˈgo]   之前

❸ heaven   [ˈhɛvən]   天堂

❹ us   [əs]   我們

❺ offend   [əˈfɛnd]   冒犯

❻ holiday   [ˈhɑləˌde]   假日

大聲唸出句子喔

❶ The department store is about to open.
百貨公司就快要開門了。

❷ Both of us looked at the composition above.
我們兩個都很仔細地閱讀上面那篇文章。

❸ Seven plus eleven is eighteen.
七加十一等於十八。

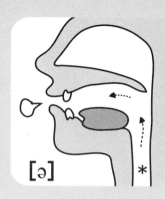 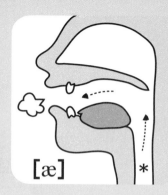

[ə]   *   [æ]   *

 比較[ə]跟[æ]的發音

[ə]和[æ]像是鬆弛和緊繃的皮球，發音力道完全相反。[ə]的發音位置最放鬆，像不經意打了個嗝，而[æ]最用力，像刻意學鴨子叫一樣，用力得拉開嘴壓低舌頭。

[ə]		
❶ across	[əˈkrɔs]	穿越
❷ polite	[pəˈlaɪt]	禮貌
❸ apologize	[əˈpɑləˌdʒaɪz]	道歉

[æ]		
actor	[ˈæktɚ]	演員
palace	[ˈpælɪs]	皇宮
apple	[ˈæpl̩]	蘋果

 玩玩嘴上體操

Sicken chicken in the kitchen has taken the medicine.

廚房裡那隻得病的雞已經吃了藥了。

54

a、e、i 唸成 [ə]

❶ around　　在周圍
[əˈraʊnd]
❷ necessity　必要
[nəˈsɛsətɪ]
❸ mistake　　錯誤
[məˈstek]

o、u 唸成 [ə]

❶ lemonade　檸檬水
[ˌlɛmənˈed]
❷ holiday　　假日
[ˈhɑləˌde]
❸ fortune　　運氣
[ˈfɔrtʃən]
❹ hopeful　　有希望的
[ˈhopfəl]

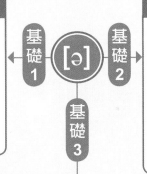

基礎1　[ə]　基礎2

基礎3

ou 唸成 [ə]

❶ jealous　　[ˈdʒɛləs]　妒忌的
❷ obvious　　[ˈɑbvɪəs]　明顯的
❸ famous　　[ˈfeməs]　有名的

 練習一下

請選出正確單字

1.(　) [əs]　　❶ os　　❷ as　　❸ us
　　　　　　　　　X　　　　就如同　　我們

2.(　) [əˈgo]　❶ ego　　❷ ago　　❸ ogo
　　　　　　　　　自我　　　以前　　　X

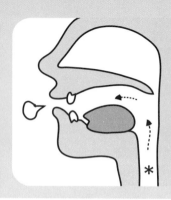

⑭ [ʌ]的發音

「啊！」錢包不見了！

啊！

 **怎麼發音呢**

[ʌ]與[ə]的發音位置相當接近，舌頭同樣放在口腔中央，跟[ɔ]差不多低。跟[ə]不同的地方是，[ʌ]比較常出現在重音音節。

[ʌ]

 邊聽邊練習單字跟句子的發音喔

大聲唸出單字喔

❶ cut	[kʌt]	剪	
❷ duck	[dʌk]	鴨子	
❸ lucky	[ˈlʌkɪ]	幸運的	

❹ fun	[fʌn]	有趣的	
❺ button	[ˈbʌtn]	按鈕	
❻ under	[ˈʌndɚ]	在...之下	

大聲唸出句子喔

❶ The runner won with luck.
賽跑選手幸運地贏了比賽。

❷ The hungry hunter ate the duck.
飢腸轆轆的獵人吃了鴨子。

❸ A bug sunk in the cup.
有隻蟲沉進杯中。

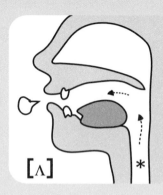
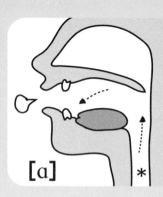

[ʌ]   *   [ɑ]   *

 比較[ʌ]跟[ɑ]的發音

[ʌ]比較含蓄，嘴形較小，發音位置較輕鬆不刻意，送氣方式也比較短促。[ɑ]十分的外放，把嘴巴張到最大，舌頭位置是所有母音最低，再完全送氣發出聲音。

[ʌ]				[ɑ]		
❶ but	[bʌt]	但是		bomb	[bɑm]	炸彈
❷ hug	[hʌg]	擁抱		hop	[hɑp]	跳躍
❸ nut	[nʌt]	堅果		not	[nɑt]	不是
❹ mother	['mʌðɚ]	母親		father	['fɑðɚ]	父親

 玩玩嘴上體操

Big bog bugs love thick long logs.

大沼澤蟲喜歡又粗又長的木頭。

u 唸成 [ʌ]		o、ou 唸成 [ʌ]	
❶ pub [pʌb]	小酒店	❶ sometimes ['sʌmtaɪmz]	有時
❷ lung [lʌŋ]	肺	❷ color ['kʌlɚ]	顏色
❸ such [sʌtʃ]	如此的	❸ rough [rʌf]	粗略的
		❹ young [jʌŋ]	年輕的

基礎1 ← [ʌ] → 基礎2

 練習一下

請選出缺少的音標

1. ( ) duck [d_k]   ❶ [ɑ]   ❷ [ʌ]   ❸ [ə]
   鴨子

2. ( ) not [n_t]   ❶ [ɑ]   ❷ [ʌ]   ❸ [ə]
   不是

答案：1. ② 2. ①

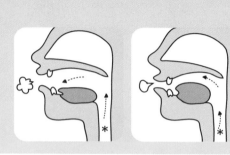

15

[aɪ]的發音

我「愛」妳的「愛」啦！

愛！

 怎麼發音呢

看看[aɪ]的形狀，是不是很像[ɑ]和[ɪ]的合體呢？沒錯，發音時也是這兩個母音的合體喔！首先先發[ɑ]的音，接著慢慢帶出緊接在後的[ɪ]，一個都不能漏。聽起來像中文的「愛」就成功了！

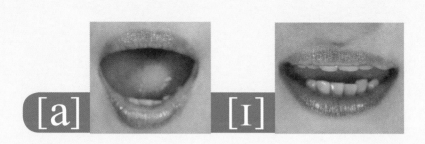

[a]   [ɪ]

 邊聽邊練習單字跟句子的發音喔

大聲唸出單字喔

❶ ice   [aɪs]   冰
❷ sky   [skaɪ]   天空
❸ right   [raɪt]   右邊
❹ decide   [dɪˈsaɪd]   決定
❺ night   [naɪt]   晚上
❻ behind   [bɪˈhaɪnd] 後面

大聲唸出句子喔

❶ The light is right behind you.
　　　　　　　燈就在你後面。

❷ Butterflies fly in the sky.
　　　　　　　蝴蝶在天上飛。

❸ The child cried all night.
　　　　　　　那個孩子整晚哭鬧。

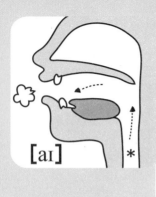
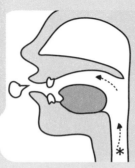
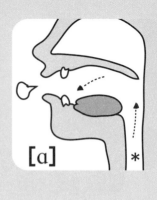

比較[aɪ]跟[ɑ]的發音

[aɪ]和[ɑ]裡面都有[ɑ]，但是雙母音[aɪ]中的[ɑ]因為被[ɪ]給同化了，發音的位置比原本的[ɑ]低，所以在發[aɪ]時要把舌頭壓得比較低，讓嘴形也變得比較扁喔。

[aɪ]		
❶ night	[naɪt]	晚上
❷ fire	[faɪr]	火
❸ guide	[gaɪd]	導引
❹ ice	[aɪs]	冰

[ɑ]		
not	[nɑt]	不是
far	[fɑr]	遠的
God	[gɑd]	神
ox	[ɑks]	牛

玩玩嘴上體操

I like the nice idea Mike provided.

我喜歡麥克提出的那個不錯的點子。

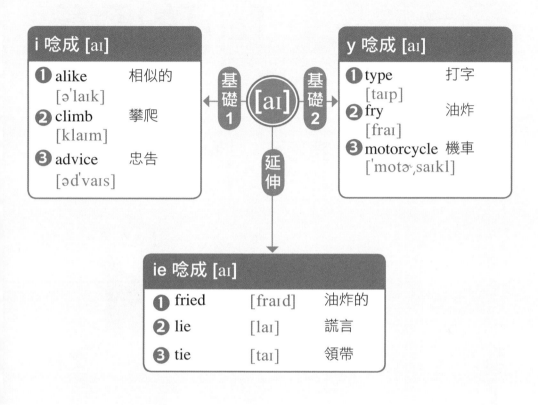

i 唸成 [aɪ]

❶ alike　　相似的
　[əˈlaɪk]
❷ climb　　攀爬
　[klaɪm]
❸ advice　　忠告
　[ədˈvaɪs]

基礎1

[aɪ]

基礎2

延伸

y 唸成 [aɪ]

❶ type　　打字
　[taɪp]
❷ fry　　油炸
　[fraɪ]
❸ motorcycle　機車
　[ˈmotɚˌsaɪkl]

ie 唸成 [aɪ]

❶ fried　　　[fraɪd]　　油炸的
❷ lie　　　　[laɪ]　　　謊言
❸ tie　　　　[taɪ]　　　領帶

 練習一下

請選出正確答案

1. (　) [skaɪ]　　❶ sky　　❷ skr　　❸ ski
　　　　　　　　天空　　　 X　　　 滑雪

2. (　) [naɪt]　　❶ not　　❷ note　　❸ night
　　　　　　　　不是　　　 筆記　　　 晚上

答案：1. ① 　2. ③

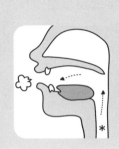 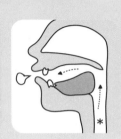

16

[aʊ]的發音

腳去踢到桌腳了，痛死了！「阿嗚」！

阿嗚！

怎麼發音呢

[aʊ]是由[a]和[ʊ]所組成的雙母音，所以，在發這個音時，要先張大嘴巴，發出[a]的音，再馬上把嘴巴縮小，發出[ʊ]的音，這樣把兩個母音依序發音，就是[aʊ]的正確發音啦！聽起來有點像踢到桌腳發出的哀嚎聲「阿嗚」喔！

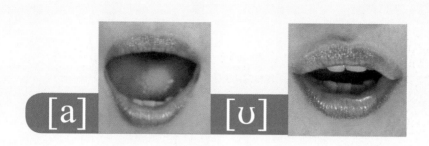

 邊聽邊練習單字跟句子的發音喔

大聲唸出單字喔

❶ out   [aʊt]   外面

❷ cloud   [klaʊd]   雲

❸ mouth   [maʊθ]   嘴巴

❹ owl   [aʊl]   貓頭鷹

❺ now   [naʊ]   現在

❻ however   [haʊˈɛvɚ]   然而

大聲唸出句子喔

❶ I found owls outside the house.
我發現屋子外面有貓頭鷹。

❷ Don't shout at our cow.
不要對我們的牛大叫。

❸ I doubt the tower is in the town.
我懷疑那座塔在城裡。

[aʊ]

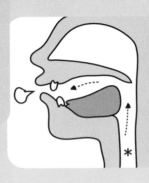

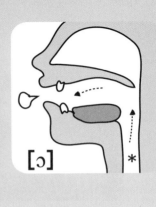
[ɔ]

 比較[aʊ]跟[ɔ]的發音

[aʊ]和[ɔ]看起來好像完全不同，但當[a]後面加上[ʊ]後，發音變得跟
[ɔ]有點類似了，兩者雖然發音相似，但[aʊ]在尾音時嘴巴要向內縮，
不像[ɔ]是一直都是微微張開的喔。

[aʊ]				[ɔ]		
❶ cow	[kaʊ]	牛		cause	[ˈkɔz]	原因
❷ south	[saʊθ]	南方		sauce	[sɔs]	醬料
❸ loud	[laʊd]	大聲		law	[lɔ]	法律
❹ found	[faʊnd]	找到		fault	[fɔlt]	錯

玩玩嘴上體操

How about going out now?
不如現在出去如何？

ou 唸成 [aʊ]

❶ without　沒有
　[wɪðˈaʊt]
❷ cloud　雲朵
　[klaʊd]
❸ about　關於
　[əˈbaʊt]

基礎1　[aʊ]　基礎2

ow 唸成 [aʊ]

❶ cow　乳牛
　[kaʊ]
❷ crowd　群眾
　[kraʊd]
❸ downstairs　樓下的
　[ˌdaʊnˈstɛrz]

 練習一下

請選出正確答案

1. ( ) cloud　❶ [klʊd]　❷ [klɑd]　❸ [klaʊd]
　　　雲

2. ( ) now　❶ [naʊ]　❷ [nʊ]　❸ [nɑ]
　　　現在

答案：1. ③　2. ①

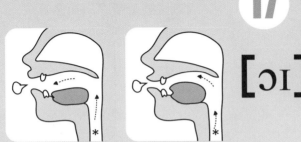

[ɔɪ]的發音

嘴巴像含著一個蛋，發出救護車的
聲音「喔乙～喔乙～」。

喔乙~喔乙~

 怎麼發音呢

[ɔɪ]這個音是由[ɔ]和[ɪ]組成的雙母音，發音時嘴巴要先嘟成圓形，發
出[ɔ]的音，再把嘴巴慢慢拉開，嘴形變成又細又長，發出[ɪ]這個音。
兩個音連在一起有點像救護車出動時，發出「喔乙～喔乙～」的聲音
喔！

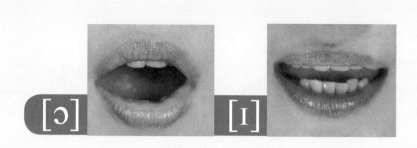

[ɔ]   [ɪ]

 邊聽邊練習單字跟句子的發音喔

大聲唸出單字喔

❶ boy	[bɔɪ]	男孩	❹ coin	[kɔɪn]	硬幣
❷ oil	[ɔɪl]	油	❺ noisy	[ˈnɔɪzɪ]	吵鬧
❸ toy	[tɔɪ]	玩具	❻ avoid	[əˈvɔɪd]	避免

大聲唸出句子喔

❶ The boy's voice is noisy.
男孩的聲音很吵。

❷ The poet wrote a poem.
詩人寫了首詩。

❸ The soy beans are poisoned.
黃豆被下毒了。

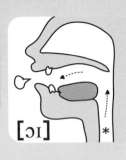 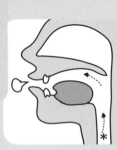 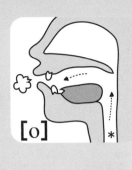 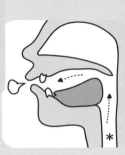

[ɔɪ] [o]

 比較[ɔɪ]跟[o]的發音

[ɔɪ]是由兩個短母音所組成的雙母音，兩個母音拼在一起，所以聽起來更是短促，我們看看[ɔɪ]和長母音[o]比起來，發音有多短促！

[ɔɪ]		
❶ oil	[ɔɪl]	油
❷ soil	[sɔɪl]	土
❸ joy	[dʒɔɪ]	喜悅
❹ toy	[tɔɪ]	玩具

[o]		
old	[old]	老
sold	[sold]	賣出
Joe	[dʒo]	喬
told	[told]	說

 玩玩嘴上體操

Joy joined the royal army to show his loyalty.

喬伊參加了皇家軍隊來展示他的忠心。

oi 唸成 [ɔɪ]		oy 唸成 [ɔɪ]
❶ spoil　　損壞 　[spɔɪl]	 基礎1 ← [ɔɪ] → 基礎2	❶ soy　　大豆 　[sɔɪ]
❷ noisy　　吵鬧的 　[ˈnɔɪzɪ]		❷ employ　雇用 　[ɪmˈplɔɪ]
❸ avoid　　回避 　[əˈvɔɪd]		❸ joyful　使人喜悅的 　[ˈdʒɔɪfəl]

 練習一下

請選出正確答案

1. (　) [ˈnɔɪzɪ]　❶ nisy　　❷ nosy　　❸ noisy
　　　　　　　　　 X　　好管閒事的　吵鬧的

2. (　) [dʒɔɪ]　❶ jaw　　❷ joe　　❸ joy
　　　　　　　　 下巴　　 X　　喜悅

答案：1.③　2.③

71

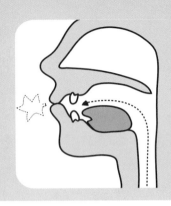

① [p]的發音

緊閉的雙唇，一口氣放開，好像發
出有氣無聲的「ㄆ」音來。

怎麼發音呢

要發出[p]的音，首先將上下唇閉緊，讓氣流留在口腔裡一會兒，才將
上下唇放開，這時候不要振動聲帶，讓氣流衝出來，與上下唇產生摩
擦，這樣發出來的音就是[p]囉！跟注音符號「ㄆ」的發音是不是很像
呢？

[p]

 邊聽邊練習單字跟句子的發音喔

大聲唸出單字喔

❶ pen   [pɛn]   筆   ❹important [ɪmˈpɔrtnt] 重要的

❷ pray   [pre]   祈禱   ❺stop   [stɑp]   停止

❸ replay   [reple]   重複播放   ❻hope   [hop]   希望

大聲唸出句子喔

❶ Paris is a perfect place.
　　　　　　巴黎是個完美的地方。

❷ The painter stops painting.
　　　　　　那位畫家停止作畫。

❸ My parents complain about my pet.
　　　　　　我的父母對我的寵物有所抱怨。

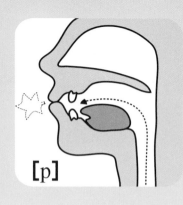
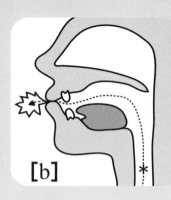

[p]　　　　　　　　　[b]

 比較[p]跟[b]的發音

[p]和[b]都是用氣流擦過雙唇來發音,所以又叫爆裂音,不同點是[p]不用振動聲帶,就像是用氣音說話一樣,是個無聲子音,而[b]需要振動聲帶,是有聲子音。

	[p]	
❶ park	[park]	公園
❷ mop	[map]	拖地
❸ pop	[pap]	流行樂
❹ pass	[pæs]	通過

	[b]	
bark	[bark]	吠叫
mob	[mab]	暴民
Bob	[bab]	包柏(人名)
bass	[bes]	低音

 玩玩嘴上體操

Peter Piper picked a pack of pickled peppers.

彼德派普挑了一包醃辣椒.

p 唸成 [p]		pp 唸成 [p]	
❶ Pope [pop]	教皇	❶ shipping [ˈʃɪpɪŋ]	裝運
❷ prefect [ˈprɪfɛkt]	長官	❷ zipper [ˈzɪpɚ]	拉鏈
❸ recipe [ˈrɛsəpɪ]	食譜	❸ happen [ˈhæpən]	發生

基礎 1 ← [p] → 基礎 2

 練習一下

請選出正確的音標

1. (　) stop 停止　　❶ [sptɑ]　❷ [stɑp]　❸ [tspɑ]

2. (　) mop 拖地　　❶ [mɑp]　❷ [mpɑ]　❸ [pɑm]

答案：1. ②　2. ①

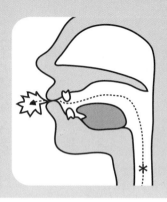

②

[b]的發音

緊閉的雙唇，一口氣放開，好像發出
有氣有聲的「ㄆ」音來。

ㄆ！

怎麼發音呢

[b]的音跟[p]的發音方式很類似，同樣讓氣流留在口腔裡，再放開上下
唇。但是不同的是，在氣流衝出來的同時要記得振動聲帶。一邊發[b]
的音，一邊摸摸脖子上的聲帶，要有細微的振動才是[b]喔！

[b]

 邊聽邊練習單字跟句子的發音喔

大聲唸出單字喔

❶ bee   [bi]   蜜蜂

❷ bank   [bæŋk]   銀行

❸ book   [bʊk]   書

❹ cab   [kæb]   計程車

❺ lobby   ['lɑbɪ]   大廳

❻ obey   [ə'be]   遵守

大聲唸出句子喔

❶ Blue brook is beautiful.
藍色的小溪很美。

❷ The cab bumped into the bank.
計程車撞進銀行裡。

❸ My brother ate bread for breakfast.
我的哥哥吃麵包當早餐。

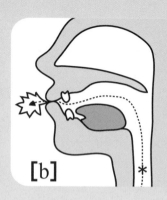

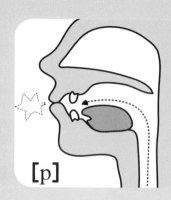

 比較[b]跟[p]的發音

[b]和[p]不同點是：[b]是有聲子音需要振動聲帶，就像是用氣音說話一樣，而[p]不用振動聲帶。請摸著喉嚨感受一下聲帶振動的感覺吧。

[b]		
❶ bill	[bɪl]	帳單
❷ bat	[bæt]	蝙蝠
❸ bay	[be]	海灣
❹ cab	[kæb]	計程車

[p]		
pill	[pɪl]	藥丸
pat	[pæt]	輕拍
pay	[pe]	付帳
cap	[kæp]	棒球帽

 玩玩嘴上體操

Betty Botter had some butter,
"But," she said, "this butter's bitter."

貝蒂巴特有些奶油，
她說「但是這些奶油是苦的」。

b 唸成 [b]		bb 唸成 [b]	
❶ ability [əˈbɪlətɪ]	才能	❶ bubble [ˈbʌbl]	泡泡
❷ below [bəˈlo]	在…之下	❷ cabbage [ˈkæbɪdʒ]	甘藍菜
❸ before [bɪˈfor]	…之前	❸ ribbon [ˈrɪbən]	緞帶

 練習一下

請選出正確對應單字

1.(　)[bi]　　❶ bee　❷ beep　❸ pea
　　　　　　　　蜜蜂　　警笛聲　　豆子

2.(　)[kæb]　❶ cab　❷ cat　❸ cap
　　　　　　　　計程車　貓　　　帽子

答案：1.① 2.①

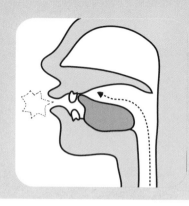

3

[t]的發音

特快車，跑得好快，發出有氣無聲的「特特特」音來！

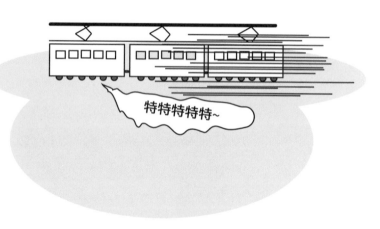

特特特特特~

怎麼發音呢

首先將舌頭前端抵在上牙齦後面，讓氣流留在口腔裡一會兒，接著放開舌頭，讓氣流從舌頭前端與齒齦後面的空隙衝出來，發這個音不要振動聲帶，類似無聲版的「ㄊ」，就是[t]的發音囉！

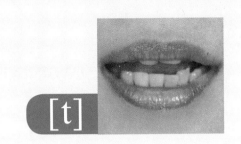

[t]

 邊聽邊練習單字跟句子的發音喔

大聲唸出單字喔

❶ cat   [kæt]   貓

❷ let   [lɛt]   讓

❸ count   [kaʊnt]   數

❹ take   [tek]   拿

❺ today   [tə'de]   今天

❻ letter   ['lɛtɚ]   信

大聲唸出句子喔

❶ Taxi!

計程車！

❷ Turn left.

左轉。

❸ Let the vet take care of the turtle.

讓獸醫來照顧烏龜。

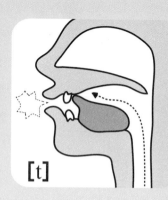
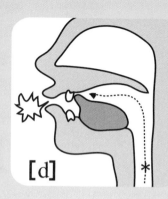

[t]　　　　　　　[d]

 ## 比較 [t] 跟 [d] 的發音

[t]和[d]都是舌尖頂在上牙齦的爆裂音，不同點是[t]是無聲子音，不需振動聲帶，像是用氣音說話一樣，而[d]是有聲子音，需要振動聲帶發音。

[t]		
❶ tall	[tɔl]	高
❷ tip	[tɪp]	秘訣
❸ tat	[tæt]	小孩
❹ letter	['lɛtɚ]	信

[d]		
doll	[dɔl]	娃娃
dip	[dɪp]	浸泡
dad	[dæd]	父親
ladder	['lædɚ]	梯子

 ## 玩玩嘴上體操

Kit spit a pit from a tidbit he bit.

基特從他咬過的美味食物
中吐出了一個果核。

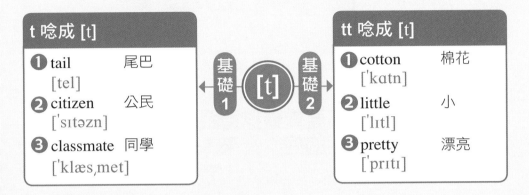

t 唸成 [t]

❶ tail　　　　尾巴
　[tel]
❷ citizen　　公民
　['sɪtəzn]
❸ classmate　同學
　['klæs,met]

基礎 1　[t]　基礎 2

tt 唸成 [t]

❶ cotton　　棉花
　['kɑtn]
❷ little　　　小
　['lɪtl]
❸ pretty　　漂亮
　['prɪtɪ]

 練習一下

請選出缺少的音標

1. (　) today [_ə'de]　　❶ [b]　❷ [t]　❸ [d]
　　　 今天

2. (　) pretty ['prɪ_ɪ]　　❶ [b]　❷ [t]　❸ [d]
　　　 漂亮

答案：1.②　2.②

83

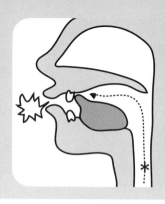

4

[d]的發音

道路工程人員，拿著電鑽挖道路，發出有氣有聲的「的的的」音來！

的
的
的
！

怎麼發音呢

[d]的發音位置與[t]相當類似，同樣將舌頭前端抵住上牙齦後面，再將舌頭放開，一次讓氣流通過空隙衝出來。不同的地方是，[d]要振動聲帶，摸摸看自己脖子上的聲帶位置，看看有沒有細微的振動喔！

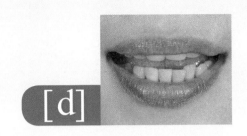

[d]

 邊聽邊練習單字跟句子的發音喔

大聲唸出單字喔

❶ did　　　[dɪd]　做（do的過去式）

❷ desk　　[dɛsk]　書桌

❸ dead　　[dɛd]　死亡

❹ mad　　　[mæd]　生氣

❺ cold　　[kold]　寒冷

❻ window　['wɪndo]　窗戶

大聲唸出句子喔

❶ Dad is sad.

爸爸很難過。

❷ Today is windy.

今天風很大。

❸ Dinner is ready.

晚餐做好了。

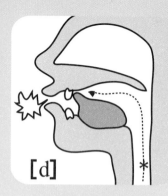
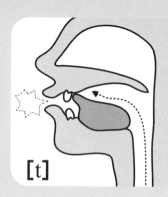

[d]　　　[t]

 ## 比較[d]跟[t]的發音

[d]和[t]的不同點是：[t]不需振動聲帶，像是用氣音說話一樣，而[d]需要振動聲帶，和平常說話時一樣。請摸著喉嚨比較看看聲帶有無振動的感覺吧！

[d]		
❶ god	[gɑd]	神
❷ dig	[dɪg]	挖掘
❸ mad	[mæd]	生氣
❹ do	[du]	做

[t]		
got	[gɑt]	得到
tip	[tɪp]	秘訣
mat	[mæt]	草蓆
to	[tu]	到

 ## 玩玩嘴上體操

**Did David's daughter
dream to be a dancer?**

大衛的女兒是否夢想過要
當個舞者？

d 唸成 [d]

❶ dad　　爸爸
　 [dæd]
❷ daily　　每日的
　 [ˈdelɪ]
❸ damage　損害
　 [ˈdæmɪdʒ]

基礎1 ← [d] → 基礎2

dd 唸成 [d]

❶ wedding　婚禮
　 [ˈwɛdɪŋ]
❷ additional　多的
　 [əˈdɪʃənl]
❸ sudden　突然
　 [ˈsʌdn]

 練習一下

請選出正確答案

1.(　) desk　　❶ [dɪp]　❷ [tel]　❸ [dɛsk]
　　　 書桌

2.(　) mad　　❶ [ˈlɛtɚ]　❷ [mæd]　❸ [dæd]
　　　 生氣

答案：1.③　2.②

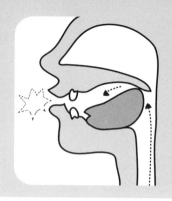

⑤ [k] 的發音

「渴」啊「渴」啊！誰來給我一點水啊！

怎麼發音呢

先將舌頭後面往上提，抵住軟顎，先擋住氣流一會兒，再將舌頭放開，使氣流通過舌頭後面與軟顎中間的空隙衝出來，這時候不要振動聲帶，很類似中文的「ㄎ」，但是無聲的喔！

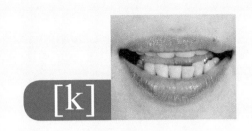

[k]

 邊聽邊練習單字跟句子的發音喔

大聲唸出單字喔

❶ key   [ki]   鑰匙

❷ kid   [kɪd]   孩子

❸ kick   [kɪk]   踢

❹ case   [kes]   案件

❺ cook   [kʊk]   烹飪

❻ desk   [dɛsk]   書桌

大聲唸出句子喔

❶ Just kidding.
開玩笑的啦。

❷ Kids like jokes.
小孩愛聽笑話。

❸ Keep working all night.
徹夜工作吧。

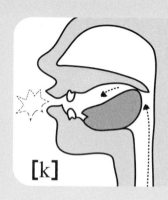

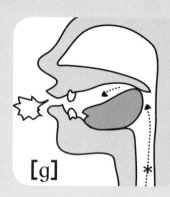

[k]

[g]

 比較 [k] 跟 [g] 的發音

[k] 和 [g] 都是舌根頂在軟顎所發出的爆裂音，不同點是 [k] 是無聲子音，不需振動聲帶，像是用氣音說出注音的ㄎ，而 [g] 是有聲子音，需振動聲帶，發音類似注音ㄍ。

[k]		
❶ picky	[ˈpɪkɪ]	挑剔
❷ kept	[kɛpt]	保持
❸ kick	[kɪk]	踢
❹ clue	[klu]	線索

[g]		
piggy	[ˈpɪgɪ]	小豬
get	[gɛt]	得到
gig	[gɪg]	輕便馬車
glue	[glu]	膠水

 玩玩嘴上體操

Clean clams crammed in clean cans.

乾淨的蚌被塞在這乾淨的罐頭裡。

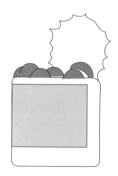

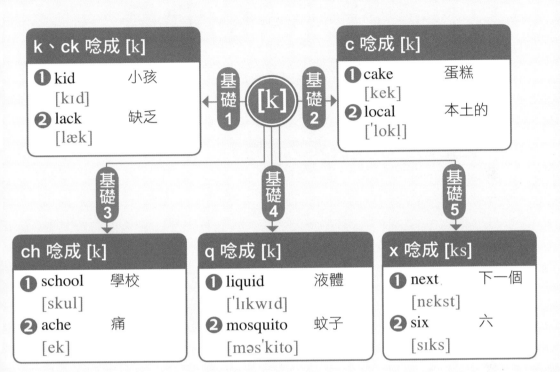

k、ck 唸成 [k]

❶ kid　　　小孩
　[kɪd]
❷ lack　　　缺乏
　[læk]

c 唸成 [k]

❶ cake　　　蛋糕
　[kek]
❷ local　　　本土的
　['lokl]

基礎1　[k]　基礎2

基礎3　基礎4　基礎5

ch 唸成 [k]

❶ school　學校
　[skul]
❷ ache　　痛
　[ek]

q 唸成 [k]

❶ liquid　　液體
　['lɪkwɪd]
❷ mosquito　蚊子
　[məs'kito]

x 唸成 [ks]

❶ next　　下一個
　[nɛkst]
❷ six　　　六
　[sɪks]

 練習一下

請選出正確答案

1.( ) [klu]　❶ plue　❷ glue　❸ clue
　　　　　　　　X　　　膠水　　　線索

2.( ) [kes]　❶ task　❷ case　❸ gaze
　　　　　　　　任務　　　案件　　　凝視

答案：1.③　2.②

91

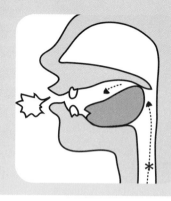

6 [g]的發音

「咯咯咯」小雞快來吃米喔！

 **怎麼發音呢**

[g]的發音位置跟[k]很相近。首先同樣將舌頭後面抵住軟顎，再將舌頭放下，讓氣流沿著空隙衝出，同時記得振動聲帶，發出的音就是[g]囉！

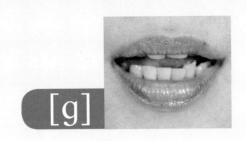

[g]

 邊聽邊練習單字跟句子的發音喔

大聲唸出單字喔

❶ girl　　[gɝl]　　女孩

❷ gaze　　[gez]　　凝望

❸ gift　　[gɪft]　　禮物

❹ leg　　[lɛg]　　腿

❺ hug　　[hʌg]　　擁抱

❻ finger　　[ˈfɪŋgɚ]　　手指

大聲唸出句子喔

❶ Maggie ate an egg.
　　　　　梅琪吃了一顆蛋。

❷ God gave the girl a gift.
　　　　　上帝給了女孩一個天賦。

❸ The greedy goat got a bug.
　　　　　貪心的山羊只得到一隻蟲。

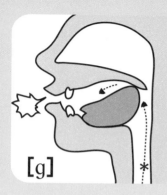

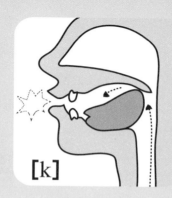

 ## 比較 [g] 跟 [k] 的發音

[g]和[k]的不同點是：[k]是無聲子音，不需振動聲帶，像是用氣音說出注音的ㄎ，而[g]是有聲子音，需振動聲帶，發音類似注音ㄍ。請比較看看無聲和有聲的不同。

[g]		
❶ go	[go]	去
❷ get	[gɛt]	得到
❸ glass	[glæs]	玻璃
❹ bag	[bæg]	袋子

[k]		
call	[kɔl]	打電話
cat	[kæt]	貓
class	[klæs]	班級
back	[bæk]	後面

 ## 玩玩嘴上體操

The great Greek grape growers grow great Greek grapes.

偉大的希臘葡萄農夫，種植出
巨大的希臘葡萄。

g 唸成 [g]

❶ give　　給
　[gɪv]
❷ glad　　高興的
　[glæd]
❸ lag　　延遲
　[læg]

基礎 1 ← **[g]** → **基礎 2**

延伸

gg 唸成 [g]

❶ luggage　皮箱
　[ˈlʌgɪdʒ]
❷ egg　　雞蛋
　[ɛg]
❸ struggle　掙扎
　[ˈstrʌgl]

x（ex的x）唸成 [g]

❶ example　　[ɪgˈzæmpl]　例子
❷ exist　　　[ɪgˈzɪst]　存在
❸ examination [ɪgˌzæməˈneʃən] 考試

 練習一下

請選出正確答案

1. (　) hug　[hʌ_]　　❶ [g]　❷ [k]　❸ [d]
　　擁抱

2. (　) class [_læs]　❶ [g]　❷ [k]　❸ [d]
　　課程

答案：1.① 2.②

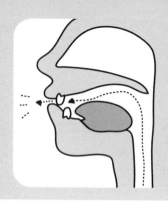

⑦

[f]的發音

好舒服的泡澡喔！「福～」

怎麼發音呢

要發出[f]的音，首先要先將上排牙齒放在下唇上，接著留下一條細微的空隙，當氣流沿著這條空隙流出來時，會與空隙產生摩擦，此時不要振動聲帶，就能發出[f]了。想想看注音的「ㄈ」牙齒怎麼放就知道囉！

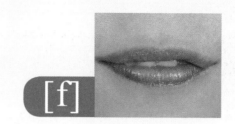

[f]

 邊聽邊練習單字跟句子的發音喔

大聲唸出單字喔

❶ fee	[fi]	費用		❹ leaf	[lif]	葉子
❷ fix	[fɪks]	修理		❺ knife	[naɪf]	刀子
❸ five	[faɪv]	五		❻ afraid	[əˈfred]	害怕

大聲唸出句子喔

❶ Don't feed the fish.
　　　　　不要餵魚！

❷ My father found it funny.
　　　　　爸爸覺得那很有趣。

❸ Let's talk face to face.
　　　　　我們來面對面地談。

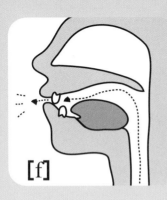
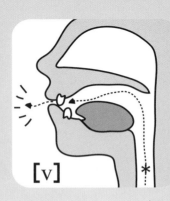

[f]　　　　　　　[v]

 比較[f]跟[v]的發音

[f]和[v]都是下嘴唇抵住上排牙齒所發出的摩擦音，不同點是[f]是無聲子音，不需振動聲帶，像是用氣音說出國字「福」，而[v]是有聲子音，需振動聲帶。

[f]		
❶ fat	[fæt]	胖
❷ fan	[fæn]	電扇
❸ fine	[faɪn]	很好
❹ leaf	[lif]	葉子

[v]		
vet	[vɛt]	獸醫
van	[væn]	箱型車
vine	[vaɪn]	葡萄藤
leave	[liv]	離開

 玩玩嘴上體操

Friendly Frank flips fine flapjacks.

友善的法蘭克翻了翻不錯的厚煎餅。

f、ff、ph 唸成[f]

❶ fuss　　　煩惱
　[fʌs]
❷ factory　　工廠
　[ˈfæktərɪ]
❸ official　　官方的
　[əˈfɪʃəl]
❹ puff　　　腫脹
　[pʌf]
❺ nephew　　外甥；
　[ˈnɛfju]　　外甥女

gh 唸成[f]

❶ tough　　　硬
　[tʌf]
❷ laugh　　　笑
　[læf]

 練習一下

請選出正確答案

1. ( ) [lif] 　❶ life 　❷ leave 　❸ leaf
　　　　　　　生活　　　離開　　　葉子

2. ( ) [fæt] 　❶ bat 　❷ fat 　❸ mat
　　　　　　　球棒　　　胖　　　坐墊

答案：1.③　2.②

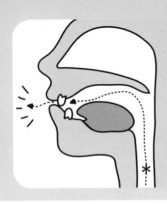

8

[v]的發音

考100分耶「V」！

 怎麼發音呢

[v]跟[f]的發音位置很相近。首先同樣將上排牙齒放在下唇上，接著留下空隙，使氣流通過空隙時與空隙產生摩擦，不同的是要確實振動聲帶，所發出的音就是[v]了。

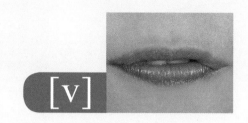

[v]

邊聽邊練習單字跟句子的發音喔

大聲唸出單字喔

❶ vet　　[vɛt]　　獸醫
❷ view　　[vju]　　景色
❸ visit　　['vɪzɪt]　拜訪
❹ vivid　　['vɪvɪd]　生動
❺ violin　　[ˌvaɪə'lɪn] 小提琴
❻ eleven　　[ɪ'lɛvən]　十一

大聲唸出句子喔

❶ Very good!
很好！

❷ I heard her voice.
我聽到了她的聲音。

❸ The vase vanished.
花瓶消失了。

101

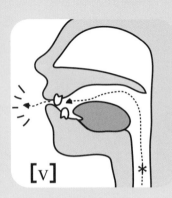 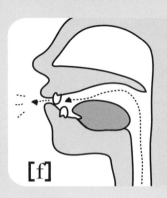

[v]　　　　　　　[f]

 比較[v]跟[f]的發音

[v]和[f]不同點是：[v]是有聲子音，需振動聲帶，像是下唇先用上排牙齒擋住後再輕輕彈出所發出的中文「福」。[f]不需振動聲帶，像是用氣音說出國字「福」。

[v]			[f]		
❶ give	[gɪv]	給	gift	[gɪft]	禮物
❷ convince	[kənˈvɪns]	使相信	confide	[kənˈfaɪd]	信任
❸ view	[vju]	景觀	few	[fju]	很少
❹ vase	[ves]	花瓶	face	[fes]	臉

 玩玩嘴上體操

Vincent vowed vengeance very vehemently.

文森非常激動，發誓一定要報仇。

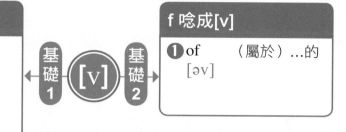

v 唸成[v]

❶ volleyball 排球
['valɪˌbɔl]
❷ wave　　波浪
[wev]
❸ advertise 廣告
['ædvɚˌtaɪz]

基礎 **1**　[v]　基礎 **2**

f 唸成[v]

❶ of　　（屬於）...的
[əv]

 練習一下

請選出正確答案

1. (　) violin　❶ [faɪə'lɪn]　❷ [kvaɪə'lɪn]　❸ [ˌvaɪə'lɪn]
　　小提琴

2. (　) view　❶ [vju]　❷ [fju]　❸ [kju]
　　景觀

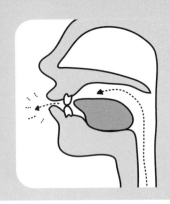

9

[s]的發音

哇！輪胎破了「嘶～」！

怎麼發音呢

[s]與中文的「ㄙ」發音類似，將舌頭前端放在上牙齦後面，但是留下一絲空隙，此時不要振動聲帶，使氣流緩緩流出與空隙產生摩擦。維持這個姿勢吸氣，如果感覺到上排牙齒後面涼涼的才是正確的。

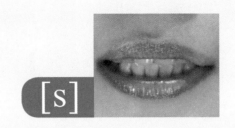

 邊聽邊練習單字跟句子的發音喔

大聲唸出單字喔

❶ see [si] 看見

❷ hiss [hɪs] 嘶嘶聲

❸ sick [sɪk] 生病

❹ miss [mɪs] 想念

❺ rice [raɪs] 米飯

❻ circle [ˈsɝkl] 圓圈

大聲唸出句子喔

❶ See you!
　　　　　掰掰！

❷ Sit down.
　　　　　坐下！

❸ This place is peaceful.
　　　　　這地方真安靜。

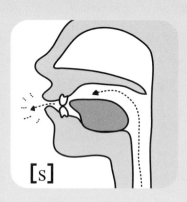 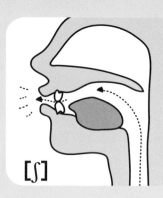

[s]   [ʃ]

 ## 比較 [s] 跟 [ʃ] 的發音

[s]和[ʃ]都是無聲摩擦音，不同點在：[s]是將舌頭前端放在上排牙齦後面發聲，像用氣音說出國字「嘶」，而[ʃ]是將嘴巴微微嘟起，氣流從舌頭與硬顎間的空隙流出。

[s]		
❶ soap	[sop]	肥皂
❷ gas	[gæs]	瓦斯
❸ sigh	[saɪ]	嘆息
❹ so	[so]	所以

[ʃ]		
shop	[ʃɑp]	商店
gosh	[gɑʃ]	天呀
shy	[ʃaɪ]	害羞
show	[ʃo]	表演

 ## 玩玩嘴上體操

**Silly Sally swiftly shooed
seven silly sheep.**

傻傻楞楞的紗麗把七隻傻
傻呆呆的傻綿羊噓走。

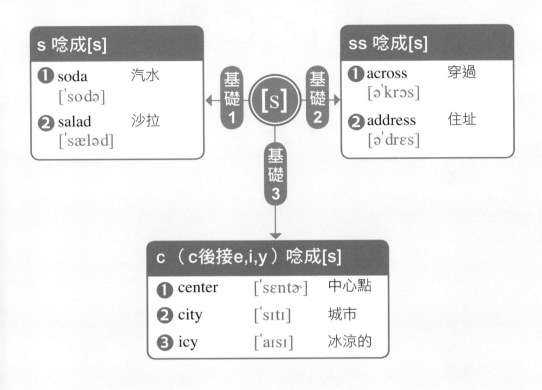

s 唸成 [s]

❶ soda　　汽水
　['sodə]

❷ salad　　沙拉
　['sæləd]

基礎 1

[s]

基礎 2

ss 唸成 [s]

❶ across　　穿過
　[ə'krɔs]

❷ address　　住址
　[ə'drɛs]

基礎 3

c（c後接 e,i,y）唸成 [s]

❶ center　　['sɛntɚ]　　中心點

❷ city　　['sɪtɪ]　　城市

❸ icy　　['aɪsɪ]　　冰涼的

 練習一下

請選出缺少的音標

1.（　）miss　[mɪ_]　　❶ [s]　　❷ [z]　　❸ [ʃ]
　　　想念

2.（　）rice　[raɪ_]　　❶ [s]　　❷ [z]　　❸ [ʃ]
　　　米飯

答案：1. ①　2. ①

107

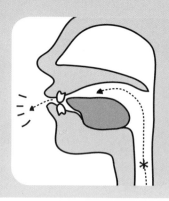

10

[z] 的發音

蚊子在飛「ZZZ」！

怎麼發音呢

[z]的發音位置跟[s]十分相像。同樣將舌頭前端放在上牙齦後面，留下一條空隙，使氣流從空隙緩緩流出，同時振動聲帶所發出的音就是[z]囉！

[z]

 邊聽邊練習單字跟句子的發音喔

大聲唸出單字喔

❶ zoo   [zu]   **動物園**

❷ size   [saɪz]   **尺寸**

❸ zebra   [ˈzibrə]   **斑馬**

❹ please   [pliz]   **請**

❺ cheese   [tʃiz]   **起士**

❻ nose   [noz]   **鼻子**

大聲唸出句子喔

❶ Zip your zipper.
拉上拉鍊。

❷ Kids love the zoo.
孩子喜歡動物園。

❸ He is busy as a bee.
他很忙。

109

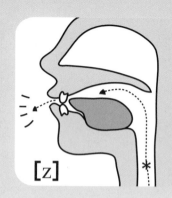 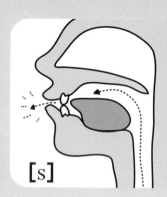

[z]　　　　[s]

 比較 [z] 跟 [s] 的發音

[z]和[s]都是是將舌頭前端放在上牙齦後面發聲，不同點是[z]是有聲子音，需振動聲帶，像是在模仿電流通過的聲音，而[s]是無聲子音，像用氣音說出國字「嘶」。

[z]		
❶ zip	[zɪp]	拉拉鍊
❷ sirs	[sɝz]	男士(複數)
❸ choose	[tʃuz]	選擇(動詞)
❹ lose	[luz]	輸

[s]		
sip	[sɪp]	啜飲
sits	[sɪts]	坐
choice	[tʃɔɪs]	選擇
loose	[lus]	鬆的

 玩玩嘴上體操

The zoo's zebra prize is a nice price at that size.

動物園的斑馬獎牌價錢很好，尺寸也好。

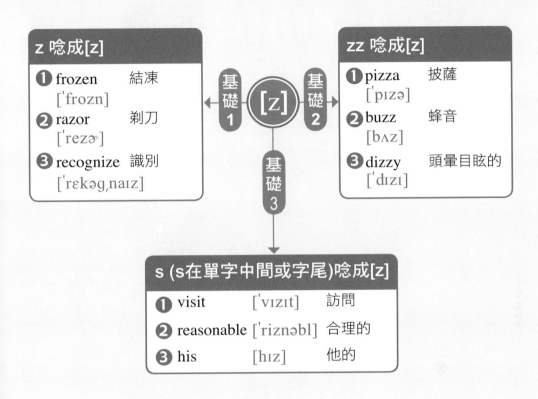

z 唸成[z]

❶ frozen　　結凍
　['frozn]
❷ razor　　剃刀
　['rezɚ]
❸ recognize　識別
　['rɛkəg,naɪz]

[z]

基礎1

基礎2

基礎3

zz 唸成[z]

❶ pizza　　披薩
　['pɪzə]
❷ buzz　　蜂音
　[bʌz]
❸ dizzy　　頭暈目眩的
　['dɪzɪ]

s (s在單字中間或字尾)唸成[z]

❶ visit　　　　['vɪzɪt]　　訪問
❷ reasonable　['riznəbl]　合理的
❸ his　　　　　[hɪz]　　　他的

 練習一下

請選出正確答案

1. (　) zip　　❶ [fɪp]　　❷ [sɪp]　　❸ [zɪp]
　　拉拉鍊

2. (　) please　❶ [pliz]　❷ [plif]　❸ [plis]
　　請

答案：1.③　2.①

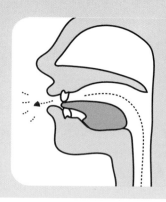

⑪

[θ]的發音

嘴形像吹口香糖泡泡一樣。

怎麼發音呢

　[θ]的發音位置很特別，中文裡並沒有類似的發音，所以要多加練習喔。首先將舌頭前端放在上下牙齒中間，留下一點空隙，接著使氣流沿著空隙流出產生摩擦，此時不要振動聲帶，就是[θ]的發音囉！

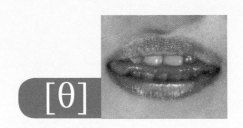

邊聽邊練習單字跟句子的發音喔

大聲唸出單字喔

❶ thick	[θɪk]	厚
❷ thing	[θɪŋ]	東西
❸ through	[θru]	通過

❹ fifth	[fɪfθ]	第五
❺ north	[nɔrθ]	北方
❻ path	[pæθ]	道路

大聲唸出句子喔

❶ Thank you!
謝謝你！

❷ I am thirsty.
我口渴了。

❸ The book is thin.
這本書很薄。

113

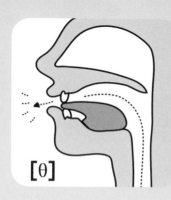
[θ]

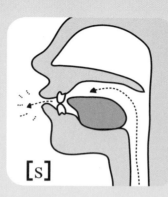
[s]

 比較[θ]跟[s]的發音

[θ]和[s]都是無聲子音，發音方法的差異在舌頭，請先發一個[s]，接著慢慢將舌頭伸到牙齒中間，送氣不要中斷喔，這時發出的音就是[θ]囉！

[θ]		
❶ thin	[θɪn]	瘦
❷ teeth	[tiθ]	牙齒
❸ thick	[θɪk]	厚
❹ path	[pæθ]	道路

[s]		
sin	[sɪn]	罪
this	[ðɪs]	這個
sick	[sɪk]	生病
pass	[pæs]	通過

 玩玩嘴上體操

I thought a thought.
But the thought I thought wasn't the thought
I thought I thought.

我想到一個想法，
但這個想法跟我想到的那個想法
並不一樣。

th 唸成[θ]

❶ thousand　一千
　['θaʊzənd]
❷ thigh　　　大腿
　[θaɪ]
❸ path　　　小徑
　[pæθ]

基礎 [θ]

 練習一下

請選出音標對應的正確字母

1. ( ) [θ]　　　❶ tp　　❷ tz　　❸ th

2. ( ) [pæθ]　❶ path　❷ pack　❸ pass
　　　　　　　　道路　　　打包　　　通過

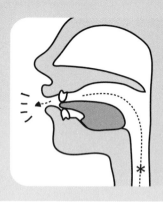

12

[ð]的發音

舌頭被上下牙齒咬住「了」啦！

怎麼發音呢

[ð]的發音位置與[θ]相當類似。舌頭前端放在上下牙齒中間,留下一點空隙,接著使氣流沿著空隙流出產生摩擦,摩擦的同時振動聲帶,就能發出漂亮的[ð]囉!不管是[θ]還是[ð],通常拼音上都以"th"表示。

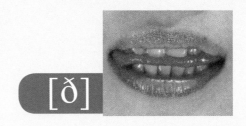

[ð]

 邊聽邊練習單字跟句子的發音喔

大聲唸出單字喔

❶ this   [ðɪs]   這個

❷ clothe   [kloð]   衣服

❸ weather   [ˈwɛðə]   天氣

❹ there   [ðɛr]   那裡

❺ other   [ˈʌðə]   其餘的

❻ without   [wɪðˈaʊt]   沒有

大聲唸出句子喔

❶ These are their clothes.
這些是他們的衣服。

❷ They went to the theater.
他們去了電影院。

❸ This is it.
我們到了。

117

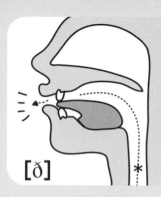
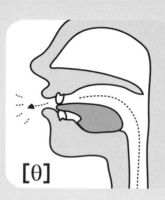

 比較[ð]跟[θ]的發音

[ð]和[θ]都是舌頭放在牙齒中間所發出的摩擦音，不同點在於[ð]是有聲子音，而[θ]是無聲子音。請先發一個[z]，接著慢慢地將舌頭伸到牙齒中間，送氣不要中斷喔，這時發出的音就是[ð]。

	[ð]			[θ]	
❶ this	[ðɪs]	這是	thin	[θɪn]	瘦
❷ them	[ðɛm]	他們	think	[θɪŋk]	思考
❸ than	[ðæn]	比較	thank	[θæŋk]	謝謝
❹ though	[ðo]	雖然	thought	[θɔt]	想到

 玩玩嘴上體操

The Smothers brothers' father's mother's brothers are the Smothers brothers' mother's father's other brothers.

史瑪德兄弟的爸爸的母親的兄弟是史瑪德兄弟的媽媽的父親的兄弟。

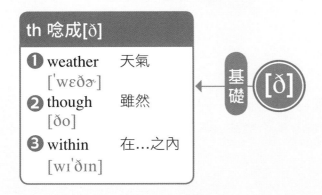

th 唸成[ð]

❶ weather 　天氣
[ˈwɛðɚ]
❷ though 　雖然
[ðo]
❸ within 　在…之內
[wɪˈðɪn]

基礎 → [ð]

 練習一下

請選出正確答案

1. ( ) there 　❶ [fɛr] 　❷ [ðɛr] 　❸ [tɛr]
　　那裡

2. ( ) other 　❶ [ˈʌðɚ] 　❷ [ˈʌfɚ] 　❸ [ˈʌtɚ]
　　其他

答案：1. ② 　2. ①

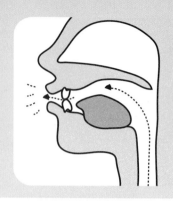

⑬

[ʃ]的發音

不要吵啦「噓～」。

噓～

怎麼發音呢

[ʃ]的形狀跟發音都像是要求別人安靜的「噓～」。首先將嘴唇像吹蠟燭一樣微嘟，舌頭前端靠近硬顎，也就是比 [s]跟[z]更往後的位置。接著使氣流沿著舌頭與硬顎間的空隙流出產生摩擦，不要振動聲帶所發出的音就是[ʃ]囉！

[ʃ]

 邊聽邊練習單字跟句子的發音喔

大聲唸出單字喔

❶ she	[ʃi]	她
❷ fish	[fɪʃ]	魚
❸ shirt	[ʃɝt]	襯衫

❹ shop	[ʃɑp]	商店
❺ cashier	[kæˈʃɪr]	收銀員
❻ sure	[ʃʊr]	當然

大聲唸出句子喔

❶ Sheep are shy.
綿羊很害羞。

❷ She likes shopping.
她喜愛購物。

❸ The shoes were washed.
鞋子已經洗乾淨了。

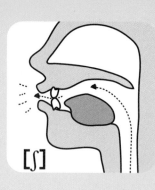 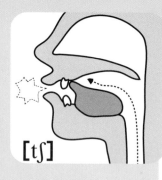 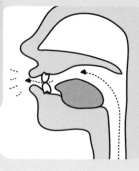

[ʃ]   [tʃ]

 ## 比較 [ʃ] 跟 [tʃ] 的發音

[ʃ]和[tʃ]都是氣流沿著舌頭與硬顎間的空隙流出產生的摩擦音,兩者同樣都是無聲子音,只不過[ʃ]類似中文的「噓」,而[tʃ]類似用氣音說中文的「去」。

[ʃ]		
❶ sheep	[ʃip]	羊
❷ share	[ʃɛr]	分享
❸ shop	[ʃɑp]	商店
❹ wash	[wɑʃ]	清洗

[tʃ]		
cheap	[tʃip]	便宜
chair	[ˈtʃɛr]	椅子
chop	[tʃɑp]	切
watch	[watʃ]	手錶

 ## 玩玩嘴上體操

**She sells seashells by the seashore.
The shells she sells are surely
seashells.**

她在海邊賣貝殼,
她賣的殼絕對是貝殼。

sh唸成[ʃ]

❶ shut   關上
    [ʃʌt]

❷ shiny   發光的
    [ˈʃaɪnɪ]

❸ dish   碟子
    [dɪʃ]

基礎1 ← [ʃ] → 基礎2

ci、si、ssi、ti唸成[ʃ]

❶ ancient   古老的
    [ˈenʃənt]

❷ Asia   亞洲
    [ˈeʃə]

❸ Russian   俄國人
    [ˈrʌʃən]

❹ station   車站
    [ˈsteʃən]

 練習一下

請選出空格的字母

1. ( ) __irt [ʃɝt]   ❶ s   ❷ se   ❸ sh
    襯衫

2. ( ) fi__ [fɪʃ]   ❶ sh   ❷ fh   ❸ s
    魚

答案：1.③   2.①

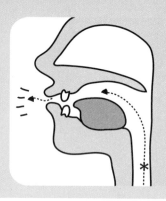

⑭ [ʒ]的發音

「橘」子好好吃喔！

 怎麼發音呢

[ʒ]的發音位置跟[ʃ]很相似。同樣地嘴唇微張往外嘟出，接著將舌頭靠近硬顎的位置，使氣流緩緩流出，與舌頭和硬顎間的空隙產生摩擦，記得要振動聲帶喔！維持同樣姿勢吸氣，硬顎部分涼涼的才是正確的喔！

[3]

 邊聽邊練習單字跟句子的發音喔

大聲唸出單字喔

❶ Asian　　[eʒən]　亞洲人　❹ garage　　[gəˈrɑʒ]　車庫

❷ usual　　[ˈjuʒʊəl]　經常的　❺ television [ˈtɛləˌvɪʒən] 電視

❸ leisure　　[ˈliʒɚ]　空閒　❻ casual　　[ˈkæʒʊəl]　隨性的

大聲唸出句子喔

❶ Our treasure is in the garage.
我們的寶物在車庫裡。

❷ It's hard to measure one's pressure.
人的壓力很難估計。

❸ He usually watches television at leisure.
他空閒時常看電視。

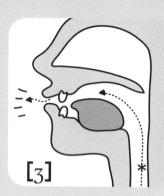
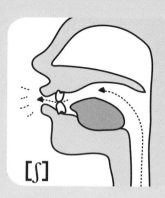

[ʒ] ＊　　　　[ʃ]

 ## 比較 [ʒ] 跟 [ʃ] 的發音

[ʒ]和[ʃ]都是舌頭和硬顎間的空隙產生摩擦音，不同點在於[ʒ]是有聲子音，需要振動聲帶，而[ʃ]是無聲子音，不用振動聲帶，請感受看看振動聲帶所造成的差別喔。

[ʒ]			[ʃ]		
❶ measure	[ˈmeʒɚ]	估計	pressure	[ˈprɛʃɚ]	壓力
❷ casual	[ˈkæʒʊəl]	隨性的	cash	[kæʃ]	現金
❸ Asia	[ˈeʒə]	亞洲	ash	[æʃ]	灰
❹ vision	[ˈvɪʒən]	視力	mission	[ˈmɪʃən]	任務

 ## 玩玩嘴上體操

The Asian usually watches television at leisure.

亞洲人通常在閒暇時間看電視。

10倍速音標記憶網 — 哪些字母或字母組合唸成[ʒ]

s、si 唸成[ʒ]

❶ division　分歧
[dəˈvɪʒən]

❷ pleasure　高興
[ˈplɛʒɚ]

❸ television　電視
[ˈtɛlə,vɪʒən]

g (字源是法文的)唸成[ʒ]

❶ garage　車庫
[gəˈrɑʒ]

❷ massage　按摩
[məˈsɑʒ]

❸ gigolo　男伴
[ˈʒɪgə,lo]

 練習一下

請選出正確答案

1. ( ) [ˈliʒɚ]　❶ leisure　❷ lip　❸ life
　　　　　　　　　 空閒　　　　嘴唇　　　生活

2. ( ) [ˈeʒən]　❶ ago　❷ age　❸ Asian
　　　　　　　　　 以前　　　年紀　　　亞洲人

答案：1.① 2.③

15 [tʃ] 的發音

叫你別跟，回去「去～」！

怎麼發音呢

[tʃ]的發音位置雖然跟[ʃ]和[ʒ]相同，發音方式卻很特別。首先同樣將舌頭靠近硬顎的位置，發音時要先將氣流留在口腔裡一會兒，讓氣流受到一點阻礙之後，再與空隙產生摩擦流出，此時不要振動聲帶，所發出的音就是[tʃ]囉。

[tʃ]

 邊聽邊練習單字跟句子的發音喔

大聲唸出單字喔

❶ child [tʃaɪld] 小孩

❷ cheek [tʃik] 臉頰

❸ teach [titʃ] 教學

❹ kitchen [ˈkɪtʃən] 廚房

❺ picture [ˈpɪktʃɚ] 圖片

❻ watch [wɑtʃ] 手錶

大聲唸出句子喔

❶ Cheer up!
加油！

❷ He teaches Chinese.
他教中文。

❸ Cheese and cherries match perfectly.
起士和櫻桃口味很搭。

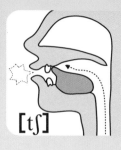 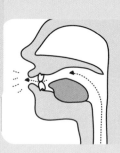 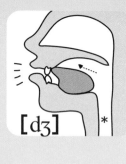 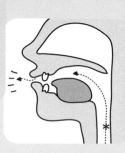

[tʃ]　　　　　　　　[dʒ] *　　　　*

 比較 [tʃ] 跟 [dʒ] 的發音

[tʃ] 和 [dʒ] 都是氣流沿著舌頭與硬顎流出而產生的摩擦音，不同點在於
[tʃ] 是無聲子音，類似用氣音說中文的「去」。而 [dʒ] 是有聲子音，類
似嘟著嘴巴說中文的「啾」。

	[tʃ]			[dʒ]	
❶	March [mɑrtʃ]	三月	merge	[mɝdʒ]	合併
❷	choose [tʃuz]	選擇	juice	[dʒus]	果汁
❸	chat [tʃæt]	聊天	jet	[dʒɛt]	噴射機
❹	cheap [tʃip]	便宜	jeep	[dʒip]	吉普車

 玩玩嘴上體操

**Cheryl's chilly cheap chip shop
sells Cheryl's cheap chips.**

雪若的冷淡又便宜的洋芋片店賣的
是雪若的便宜洋芋片。

ch、tch 唸成 [tʃ]

❶ chill　　寒冷
　 [tʃɪl]
❷ chimney　煙囪
　 [ˈtʃɪmnɪ]
❸ catch　　接
　 [ˈkætʃ]
❹ scratch　抓
　 [skrætʃ]

t (在弱母音前)唸成 [tʃ]

❶ congratulate　恭喜
　 [kənˈgrætʃəˌlet]
❷ creature　　　生物
　 [ˈkritʃɚ]
❸ cultural　　　文化的
　 [ˈkʌltʃərəl]

ti (前接s)唸成 [tʃ]

❶ question　　[ˈkwɛstʃən]　問題

❷ suggestion [səˈdʒɛstʃən]　建議

 練習一下

請選出正確答案

1.(　) teach　[ti_]　　❶ [ʃ]　　❷ [t]　　❸ [tʃ]
　　　　教

2.(　) cheek　[_ik]　　❶ [ʃ]　　❷ [t]　　❸ [tʃ]
　　　　臉頰

答案：1.③　2.③

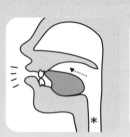 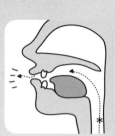

16

[dʒ]的發音

給你香一個「啾～」！

啾 ♡

 怎麼發音呢

[dʒ]與[tʃ]的發音方式相當類似。同樣將舌頭靠近硬顎，接著把氣流留在口腔之中，使氣流受到一點阻礙後流出，與舌頭和硬顎間的空隙產生摩擦，此時要振動聲帶，所發出的音就是[dʒ]囉！

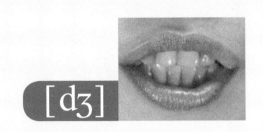

[dʒ]

 邊聽邊練習單字跟句子的發音喔

大聲唸出單字喔

❶ job　　[dʒɑb]　　工作

❷ gym　　[dʒɪm]　　體育館

❸ join　　[dʒɔɪn]　　參加

❹ magic　[ˈmædʒɪk]　魔術

❺ Japan　[dʒəˈpæn]　日本

❻ page　　[pedʒ]　　頁數

大聲唸出句子喔

❶ Good job!
　　做得好！

❷ The giraffes are jogging.
　　長頸鹿在慢跑。

❸ The soldier has a large package.
　　那名軍人有個大包裹。

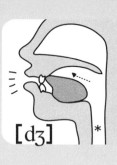 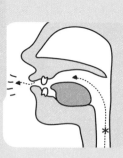 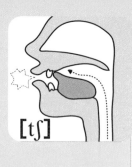 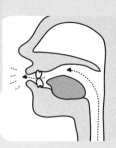

[dʒ] * [tʃ] *

比較 [dʒ] 跟 [tʃ] 的發音

[dʒ]和[tʃ]都是氣流從舌頭與硬顎流出，產生的摩擦音，不同點在於
[dʒ]是有聲子音，類似嘟著嘴巴的「啾」。[tʃ]是無聲子音不需振動聲
帶。請感受兩者聲帶振動的差別。

[dʒ]			[tʃ]		
❶ gin	[dʒɪn]	琴酒	chin	[tʃɪn]	下巴
❷ jelly	[ˈdʒɛlɪ]	果凍	cherry	[ˈtʃɛrɪ]	櫻桃
❸ cage	[kedʒ]	籠子	catch	[ˈkætʃ]	接到
❹ juice	[dʒus]	果汁	choose	[tʃuz]	選擇

玩玩嘴上體操

The judge likes juice and jazz music.

那法官喜歡果汁和爵士樂。

j 唸成[dʒ]

❶ pajamas   睡衣褲
[pəˈdʒæməs]

❷ project   企畫
[prəˈdʒɛkt]

❸ reject   拒絕
[rɪˈdʒɛkt]

基礎 1   [dʒ]   基礎 2

基礎 3

g（g後接e,i,y）唸成[dʒ]

❶ page   頁
[pedʒ]

❷ engine   引擎
[ˈɛndʒən]

❸ energy   動力
[ˈɛnɚdʒɪ]

dg、dj 唸成[dʒ]

❶ edge   [ɛdʒ]   邊緣

❷ budget   [ˈbʌdʒɪt]   經費

❸ adjust   [əˈdʒʌst]   調整

❹ adjective   [ˈædʒɪktɪv]   形容詞

 練習一下

請選出題目可排列出的單字

1.（ ）[pedʒ]   ❶ pig   ❷ paje   ❸ page
                       豬   ✗   頁

2.（ ）[dʒus]   ❶ joyce   ❷ juice   ❸ guice
                       人名   果汁   ✗

答案：1.③   2.②

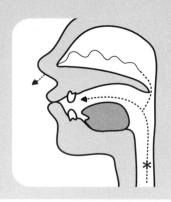

⑰

[m]的發音

「嗯～」哪個好呢？

怎麼發音呢

[m]的發音位置跟[p]和[b]一樣，都是將上下唇緊閉，將氣流留在口腔中，接著緊閉雙唇，使氣流從鼻腔衝出，就是[m]的發音了。當[m]在發音結尾時，像是"come"等，也要以雙唇緊閉作為結尾喔！

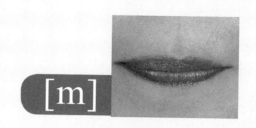

[m]

 邊聽邊練習單字跟句子的發音喔

大聲唸出單字喔

❶ map	[mæp]	地圖
❷ mix	[mɪks]	混合
❸ mean	[min]	意義

❹ come	[kʌm]	來
❺ bomb	[bɑm]	炸彈
❻ remember	[rɪˈmɛmbɚ]	記得

大聲唸出句子喔

❶ Turn off the lamp.
關上燈。

❷ Tom bumped into Tim.
湯姆巧遇提姆。

❸ Mother got mad and screamed.
媽媽生氣又尖叫。

137

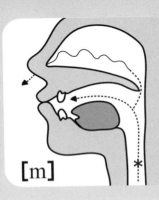 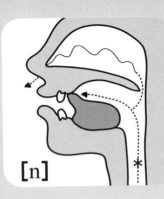

[m]　　　　[n]

 比較[m]跟[n]的發音

在發[m]和[n]都會有鼻音，但兩者除了都是有聲鼻音外，發音部位相差很多喔！[m]需要雙唇緊閉，再將氣流從嘴巴和鼻子送出，而[n]則是將舌尖頂在上牙齦，雙唇微開發音。

[m]		
❶ sum	[sʌm]	總和
❷ ham	[hæm]	火腿肉
❸ mice	[mæɪs]	老鼠
❹ moon	[mun]	月亮

[n]		
sun	[sʌn]	太陽
hand	[hænd]	手
nice	[naɪs]	良好
noon	[nun]	中午

 玩玩嘴上體操

Mickey Mouse and Minnie Mouse are kids' dreams.

米老鼠和米妮都是小孩子的夢想。

m 唸成[m]		mm 唸成[m]	
❶ admire [əd'maɪr]	稱讚	❶ summer ['sʌmɚ]	夏天
❷ mistake [mɪ'stek]	弄錯	❷ yummy ['jʌmɪ]	可口
❸ aim [em]	瞄準	❸ common ['kɑmən]	普通的

基礎 1 ← [m] → 基礎 2

 練習一下

請選出正確答案

1. ( ) mean ❶ [nim] ❷ [nmi] ❸ [min]
   混合

2. ( ) come ❶ [kʌn] ❷ [kʌb] ❸ [kʌm]
   來

答案：1.③ 2.③

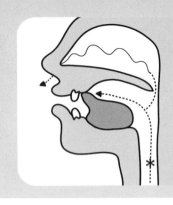

⑱

[n]的發音

這本書很不錯「呢」！

呢

 怎麼發音呢

[n]的發音位置跟[t]和[d]相近，都是將舌頭前端放在上牙齒齦後面，使氣流在口腔中蓄勢待發，接著放開舌頭，使氣流從鼻腔衝出，就是[n]的發音了。

[n]

 邊聽邊練習單字跟句子的發音喔

大聲唸出單字喔

❶ no　　　[no]　　不　　　❹ nine　　[naɪn]　　九

❷ net　　　[nɛt]　　網子　　❺ winter　['wɪntɚ]　冬天

❸ can　　　[kæn]　　罐頭　　❻ invite　[ɪn'vaɪt]　邀請

大聲唸出句子喔

❶ It is raining now.
　　　　　　現在正在下雨。

❷ It is windy in winter.
　　　　　　冬天風很大。

❸ We had wine after dinner.
　　　　　　我們晚餐後喝了紅酒。

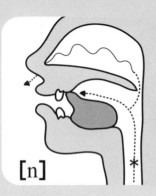

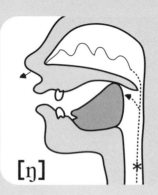

[n] [ŋ]

 比較 [n] 跟 [ŋ] 的發音

[n]和[ŋ]都是鼻音，但發音位置差了很多喔！[n]是用舌端輕輕彈一下上牙齦，有點類似中文「呢」，而[ŋ]是用舌頭根部抵住軟顎而發聲，類似注音的「ㄥ」。

	[n]				[ŋ]	
❶	win	[wɪn]	贏	wing	[wɪŋ]	翅膀
❷	keen	[kin]	激烈	king	[kɪŋ]	國王
❸	sin	[sɪn]	罪	sing	[sɪŋ]	唱歌
❹	thin	[θɪn]	瘦的	thing	[θɪŋ]	事情

 玩玩嘴上體操

Nine nice night nurses nursing nicely.

九個不錯的夜班護士很會
護理病人。

n 唸成[n]		
❶ ocean ['oʃən]	海洋	
❷ only ['onlɪ]	只是	
❸ open ['opən]	打開	

基礎1 ← [n] → 基礎2

nn 唸成[n]		
❶ sunny ['sʌnɪ]	陽光充足的	
❷ dinner ['dɪnɚ]	晚餐	
❸ bunny ['bʌnɪ]	兔子	

 練習一下

請選出正確答案

1.(　)[kæn]　❶ fan　❷ pen　❸ can
　　　　　　　電風扇　　筆　　　罐頭

2.(　)[nɛt]　❶ net　❷ mat　❸ fit
　　　　　　　網子　　坐墊　　符合

答案：1.③　2.①

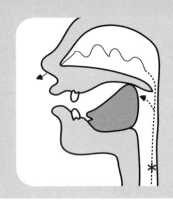

19 [ŋ] 的發音

「哼」大鑽石有什麼了不起！

哼

怎麼發音呢

[ŋ]的發音位置跟[k]和[g]很相近，都是抬高後面的舌頭來抵住軟顎，使氣流留在口腔中，接著放開舌頭，使氣流從鼻腔衝出，此時振動聲帶，就是[ŋ]的發音了。

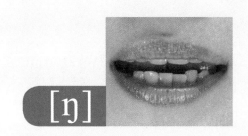

[ŋ]

 邊聽邊練習單字跟句子的發音喔

大聲唸出單字喔

❶ ink   [ɪŋk]   墨水

❷ link   [lɪŋk]   連結

❸ drink   [drɪŋk]   喝

❹ sing   [sɪŋ]   唱歌

❺ ring   [rɪŋ]   戒指

❻ morning [ˈmɔrnɪŋ] 早晨

大聲唸出句子喔

❶ The ring is pink.

戒指是粉紅色的。

❷ The king is singing.

國王正在唱歌。

❸ Bring the ink.

帶墨水來。

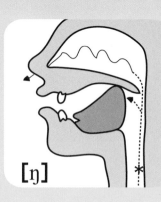 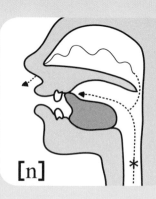

比較[ŋ]跟[n]的發音

[ŋ]跟[n]都是鼻音，但發音位置差了很多喔！[n]是用舌端輕輕彈一下上牙齦，有點類似中文「呢」，而[ŋ]是用舌頭根部抵住軟顎而發聲，類似注音的「ㄥ」。

[ŋ]		
❶ sing	[sɪŋ]	唱歌
❷ pink	[pɪŋk]	粉紅
❸ wing	[wɪŋ]	翅膀
❹ along	[əˈlɔŋ]	沿著

[n]		
sin	[sɪn]	罪過
pin	[pɪn]	別針
win	[wɪn]	贏
alone	[əˈlon]	孤獨

玩玩嘴上體操

The king is singing on the pink swing in Beijing.

國王正在北京的一座粉紅鞦韆上唱歌。

ng 唸成[ŋ]

❶ singer　　歌手
　['sɪŋɚ]
❷ single　　單身
　['sɪŋl̩]
❸ hang　　　懸掛
　[hæŋ]

基礎 1　[ŋ]　基礎 2

n 唸成[ŋ]

❶ sink　　　水槽
　[sɪŋk]
❷ tank　　　坦克車
　[tæŋk]
❸ uncle　　叔叔
　['ʌŋkl̩]

 練習一下

請選出缺少的音標

1. (　) drink　[drɪ_k]　　❶ [n]　❷ [m]　❸ [ŋ]
　　　　喝

2. (　) sing　[sɪ_]　　　❶ [n]　❷ [m]　❸ [ŋ]
　　　　唱歌

答案：1.③　2.③

147

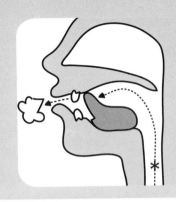

⑳ [l]的發音

人家不要喝「了」啦！

人家不要喝「了」啦！

怎麼發音呢

[l]的發音跟中文的「ㄌ」類似，都是將舌頭前端放在上牙齦後面，然後振動聲帶，讓氣流緩緩的從舌頭兩邊流出，所以叫做「邊音」。當[l]在字尾時，像是"pull"，別忘了最後舌頭要稍微碰到牙齦後面喔！

[1]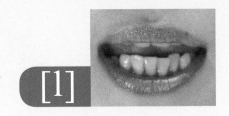

 邊聽邊練習單字跟句子的發音喔

大聲唸出單字喔

❶ lie	[laɪ]	謊言	❹ gold	[gold]	黃金
❷ lot	[lɑt]	籤	❺ pull	[pʊl]	拉
❸ play	[ple]	玩耍	❻ dollar	[ˈdɑlɚ]	元

大聲唸出句子喔

❶ Wait in line, please.
　　　　　　　　請排隊！

❷ Listen carefully to me.
　　　　　　　　仔細聽我說。

❸ The girl played with the doll.
　　　　　　　　小女孩玩過那個洋娃娃。

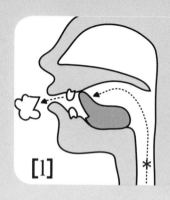 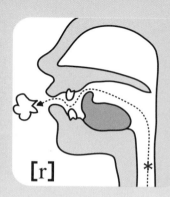

比較[l]跟[r]的發音

[l]和[r]都是有聲子音，但[r]是捲舌音，發音不同點在兩者舌頭位置。[l]是將舌頭前端放在上牙齦後面。而[r]要將舌尖後捲到更後面。

[l]		
❶ late	[let]	遲到
❷ fly	[flaɪ]	飛
❸ till	[tɪl]	直到
❹ play	[ple]	玩

[r]		
rate	[ret]	匯率
fry	[fraɪ]	炸
tear	[tɪr]	淚水
pray	[pre]	祈禱

玩玩嘴上體操

Lovely lemon liniment lightens Lily's left leg.

好用的檸檬藥膏讓莉莉的
左腳舒服多了。

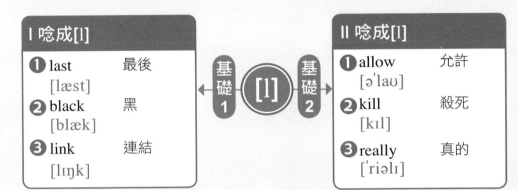

I 唸成[l]			II 唸成[l]	
❶ last [læst]	最後		❶ allow [əˈlaʊ]	允許
❷ black [blæk]	黑		❷ kill [kɪl]	殺死
❸ link [lɪŋk]	連結		❸ really [ˈrɪəlɪ]	真的

基礎1 ← [l] → 基礎2

 練習一下

請選出正確答案

1. ( ) [ple]　　❶ psay　　❷ pray　　❸ play
　　　　　　　　　 X　　　　　 祈禱　　　 玩耍

2. ( ) [pʊl]　　❶ poor　　❷ pull　　❸ put
　　　　　　　　　 可憐　　　 拉　　　　 放置

答案：1.③　2.②

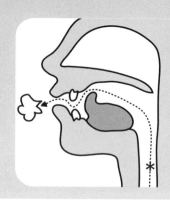

21

[r]的發音

耶！來「rock」一下吧！

rock

 怎麼發音呢

[r]又叫捲舌音。首先將舌頭中間部分微微凹下去，接著將舌尖稍微往後捲起，此時振動聲帶所發出的音就是[r]囉！當[r]在母音前面時，例如 "red"，嘴唇要像吹蠟燭一樣嘟成圓形；當[r]在母音後面時，像是 "war"，發音很像「ㄦ」呢！

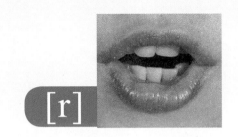

[r]

 邊聽邊練習單字跟句子的發音喔

大聲唸出單字喔

❶ red	[rɛd]	紅色	❹ fear	[fir]	害怕
❷ try	[traɪ]	嘗試	❺ rage	[redʒ]	生氣
❸ war	[wɔr]	戰爭	❻ parent	[ˈpɛrənt]	父母

大聲唸出句子喔

❶ I am all ears.

我洗耳恭聽。

❷ Red represents rage.

紅色代表憤怒。

❸ Don't cry over spilt milk.

覆水難收。

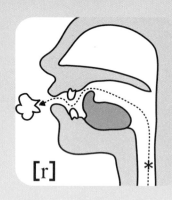
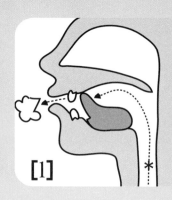

[r]　　　　　　　　[l]

 比較[r]跟[l]的發音

[r]和[l]都是有聲子音，但[r]是捲舌音，不同點在兩者舌頭位置。[l]是將舌頭前端放在上牙齦後面，類似注音的「ㄌ」。而[r]要將舌尖後捲到更後面，類似注音的「ㄦ」。

	[r]	
❶ worp	[wɔrp]	彎曲
❷ war	[wɔr]	戰爭
❸ rock	[rɑk]	搖滾樂
❹ write	[raɪt]	寫

	[l]	
walk	[wɔk]	散步
wall	[wɔl]	牆壁
lock	[lɑk]	鎖
light	[laɪt]	光線

 玩玩嘴上體操

He is ready to propose in the restaurant with a ring and roses.
他已經準備好要在餐廳裡用戒指和玫瑰花求婚。

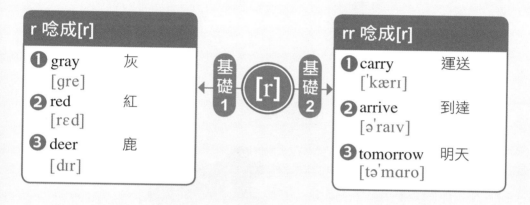

r 唸成[r]

❶ gray　　灰
[gre]
❷ red　　紅
[rɛd]
❸ deer　　鹿
[dɪr]

基礎1 [r] 基礎2

rr 唸成[r]

❶ carry　　運送
['kærɪ]
❷ arrive　　到達
[ə'raɪv]
❸ tomorrow　明天
[tə'mɑro]

 練習一下

請選出缺少的音標

1. ( ) war　[wɔ_]　　❶ [k]　❷ [r]　❸ [l]
　　戰爭

2. ( ) wall　[wɔ_]　　❶ [l]　❷ [k]　❸ [r]
　　牆壁

答案：1. ② 　2. ①

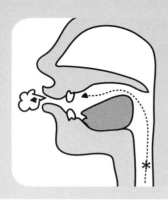

22

[w]的發音

「巫」好險喔！

巫

怎麼發音呢

[w]為半母音，跟母音[u]的發音方式很像。首先讓嘴唇發像[u]一樣的圓唇，將舌頭後半部往上延伸接近軟顎，留下通道讓氣流緩緩流過，同時振動聲帶。如果後面接著母音，例如"we[wi]"，要快速的從[w]的位置滑到[i]的位置。

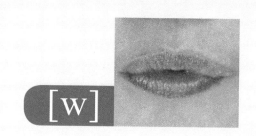

[w]

 邊聽邊練習單字跟句子的發音喔

大聲唸出單字喔

❶ we   [wi]   我們   ❹ window ['wɪndo] 窗戶

❷ way   [we]   路   ❺ away   [ə'we]   遠離

❸ wear   [wɛr]   穿   ❻ swim   [swɪm]   游泳

大聲唸出句子喔

❶ Where were we?
                     我們剛才在哪裡？

❷ The waiter wears uniform.
                     服務生穿著制服。

❸ The weather is getting worse.
                     天氣變糟了。

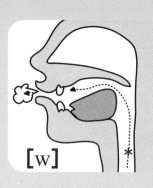 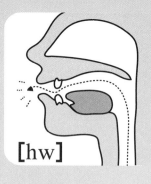 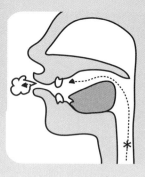

[w] [hw]

比較 [w] 跟 [hw] 的發音

[w]的發音類似中文的「我」，但是，當[hw]這樣的音標組合出現時，
[h] [w]就聯合成了類似中文「壞」的發音囉！

[w]		
❶ witch	[wɪtʃ]	巫婆
❷ want	[wɑnt]	想要
❸ wide	[waɪd]	寬的
❹ wear	[wɛr]	穿著

[hw]		
which	[hwɪtʃ]	哪個
what	[hwɑt]	什麼
white	[hwaɪt]	白的
where	[hwɛr]	哪裡

玩玩嘴上體操

Which witch wished which wicked wish?

是哪個女巫許了這個邪惡
的願望？

w 唸成[w]

❶ wonderful 很棒的
   [ˈwʌndɚfəl]
❷ wind   風
   [wɪnd]
❸ wisdom   智慧
   [ˈwɪzdəm]

基礎 1 ← [w] → 基礎 2

基礎 3

qu 唸成[w]

❶ equal   平等的
   [ˈikwəl]
❷ quickly   迅速地
   [ˈkwɪklɪ]

gu 唸成[w]

❶ distinguish [dɪˈstɪŋgwɪʃ] 辨認出

❷ language [ˈlæŋgwɪdʒ] 語言

練習一下

請選出正確的答案

1. ( ) [wɛr]   ❶ fire   ❷ lier   ❸ wear
                 火   騙子   穿

2. ( ) [swɪm] ❶ smim   ❷ swim   ❸ sphim
                 ✗   游泳   ✗

答案：1.③ 2.②

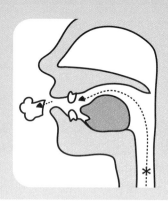

23

[j]的發音

「耶」！今天沒有功課！

耶！

怎麼發音呢

[j]常常跟在母音的前面，跟母音[i]的發音位置很像，都是將舌頭前端
往上延伸接近硬顎，接著讓氣流緩緩流出，同時振動聲帶。但不同的
是，[j]通常很快的從[j]滑到後面母音的位置，算是協助母音的角色，
所以又稱為「半母音」。

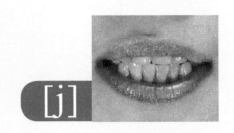

[j]

 邊聽邊練習單字跟句子的發音喔

大聲唸出單字喔

❶ yes   [jɛs]   是

❷ yet   [jɛt]   還沒

❸ year   [jɪr]   年

❹ youth   [juθ]   年輕

❺ yellow   [ˈjɛlo]   黃色

❻ yesterday   [ˈjɛstɚˌde]   昨天

大聲唸出句子喔

❶ Happy New Year!
　　　　新年快樂！

❷ You are young.
　　　　你很年輕。

❸ Yes, this flight is to New York.
　　　　是的，這班機是往紐約。

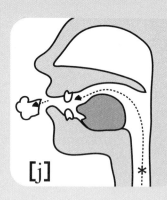 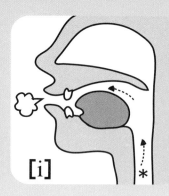

[j]　　　　[i]

 比較[j]跟[i]的發音

[j]跟[i]的發音位置很像，都是將舌頭前端接近硬顎。但不同的是，[j]通常很快的從[j]滑到後面母音的位置，所以發音很短，幾乎和後面的母音連在一起。

[j]		
❶ yes	[jɛs]	是的
❷ yet	[jɛt]	還沒

[i]		
east	[ist]	東方
eat	[it]	吃

 玩玩嘴上體操

The yellow yacht is not yet in New York.

黃色遊艇還沒到達紐約。

y 唸成[j]

❶ yellow 黃色
['jɛlo]

❷ yesterday 昨天
['jɛstɚˌde]

❸ yes 是
[jɛs]

基礎 1 ← [j] → 基礎 2

i 唸成[j]

❶ onion 洋蔥
['ʌnjən]

❷ Italian 義大利的
[ɪ'tæljən]

❸ companion 同伴
[kəm'pænjən]

 練習一下

請選出畫底線單字的發音

1. ( ) <u>y</u>ellow ❶ [s] ❷ [j] ❸ [r]
黃色

2. ( ) <u>e</u>ar ❶ [ɪ] ❷ [j] ❸ [r]
耳朵

答案：1.② 2.①

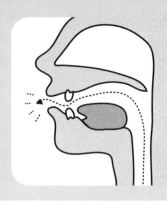

㉔ [h]的發音

「哈～」怎麼還這麼多啊！

 怎麼發音呢

[h]的發音位置雖然跟中文的「ㄏ」很像，卻有些微的不同喔！首先跟「ㄏ」一樣嘴形半開，接著讓氣流流出，在通過喉部時與喉嚨摩擦，這樣所發出的音就是[h]囉！[h]的發音部位比「ㄏ」還要靠近喉部喔！

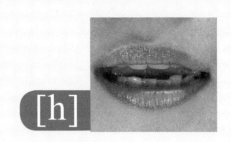

[h]

 邊聽邊練習單字跟句子的發音喔

大聲唸出單字喔

❶ he   [hi]   他
❷ ham   [hæm]   火腿
❸ hit   [hɪt]   打擊
❹ hair   [hɛr]   頭髮
❺ here   [hɪr]   這裡
❻ behind   [bɪˈhaɪnd] 後面

大聲唸出句子喔

❶ He is happy.
他很快樂。

❷ The host held my hand.
主人跟我握手。

❸ The hippo hides behind the house.
河馬躲在房子後面。

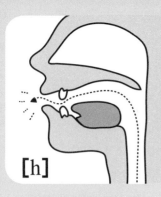
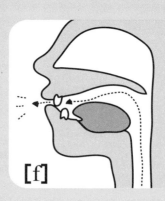

[h]　　　　　　　　　[f]

 比較 [h] 跟 [f] 的發音

[h]和[f]都是無聲子音，但發音的方法有很大的差別。[h]是將嘴巴打開，利用氣流摩擦喉嚨發出氣音，而[f]則是用氣流摩擦嘴唇和牙齒而發聲。

[h]				[f]		
❶ hit	[hɪt]	打擊		fit	[fɪt]	合身
❷ hat	[hæt]	帽子		fat	[fæt]	肥胖
❸ hollow	[ˈhɑlo]	空洞		follow	[ˈfɑlo]	跟隨
❹ hear	[hɪr]	聽		fear	[fɪr]	害怕

 玩玩嘴上體操

He heard the host help the long hair girl.

他聽說主人在幫助那位長髮女孩。

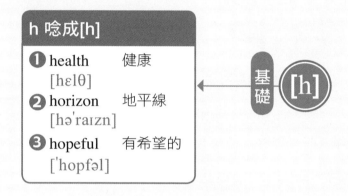

h 唸成[h]

❶ health　　健康
[hɛlθ]
❷ horizon　　地平線
[həˈraɪzn]
❸ hopeful　　有希望的
[ˈhopfəl]

基礎 [h]

 練習一下

請選出正確答案

1. ( ) [hæm]　❶ ham　　❷ mam　　❸ fam
　　　　　　　　火腿　　　　✗　　　　　✗

2. ( ) [hi]　　❶ mi　　　❷ he　　　❸ fi
　　　　　　　　✗　　　　　他　　　　　✗

答案：1.①　2.②

美語好溜 17

增訂版 **KK音標**
這樣學就行啦（20K+1CD）

初版 2014年10月

作者●	李洋
發行人●	林德勝
出版發行●	山田社文化事業有限公司
	臺北市大安區安和路一段112巷17號7樓
	電話 02-2755-7622
	傳真 02-2700-1887
郵政劃撥●	19867160號　大原文化事業有限公司
網路購書●	日語英語學習網　http://www. daybooks. com. tw
總經銷●	聯合發行股份有限公司
	新北市新店區寶橋路235巷6弄6號2樓
	電話 02-2917-8022
	傳真 02-2915-6275
印刷●	上鎰數位科技印刷有限公司
法律顧問●	林長振法律事務所　林長振律師
定價●	新台幣220元

ISBN 978-986-6623-44-8